Joseph Philippe Lockroy

La fée Carabosse; Opera-comique en trois actes

Anatiposi

Joseph Philippe Lockroy

La fée Carabosse; Opera-comique en trois actes

Réimpression inchangée de l'édition originale de 1859.

1ère édition 2023 | ISBN: 978-3-38273-994-2

Anatiposi Verlag est une marque de Outlook Verlagsgesellschaft mbH.

Verlag (Éditeur): Outlook Verlag GmbH, Zeilweg 44, 60439 Frankfurt, Deutschland
Vertretungsberechtigt (Représentant autorisé): E. Roepke, Zeilweg 44, 60439 Frankfurt, Deutschland
Druck (Imprimerie): Books on Demand GmbH, In de Tarpen 42, 22848 Norderstedt, Deutschland

LA
FÉE CARABOSSE

OPÉRA-COMIQUE EN TROIS ACTES, AVEC PROLOGUE

MM. LOCKROY et HIPPOLYTE COGNIARD

MUSIQUE DE M. V. MASSÉ

Représenté pour la première fois, à Paris, sur le THÉÂTRE-LYRIQUE,
le 28 février 1859.

PARIS

MICHEL LÉVY FRÈRES, LIBRAIRES-ÉDITEURS

RUE VIVIENNE, 2 BIS

1859

Distribution de la pièce.

CARABOSSE...................... Mme UGALDE.
ALBERT .... MM. MICHOT.
DANIEL......................... MEILLET.
GHISLAIN....................... FROMANT.
LE COMTE MAGNUS, le Taciturne.. LEROY.
PHARAMOND...................... GABRIEL.
LA COMTESSE ROSALINDE........ Mmes VADE.
GISETTE, sa fille................ FAIVRE.

NOTA. — S'adresser, pour la mise en scène, à M. ARSÈNE, régisseur général, au Théâtre-Lyrique.

LA FÉE CARABOSSE

PROLOGUE

Site sauvage dans les montagnes des Ardennes ; roches escarpées ; forêt de sapins couronnant le sommet des monts. — Petit lac dans lequel se mirent quelques chênes séculaires. — Quartiers de pierre épars, à demi recouverts de plantes grimpantes.

—

SCÈNE PREMIÈRE.

(Au lever du rideau, Albert est seul, le coude appuyé sur son genou, assis dans l'attitude de la rêverie.)

ALBERT, seul.

J'aurais dû fuir, le jour où, pour la première fois, j'entendis cette voix mélodieuse et céleste !.. J'aurais dû fuir, sans chercher à connaître la femme mystérieuse qui se cache dans ces solitudes... J'aurais dû fuir !.. (Tout à coup, il lève la tête, semble écouter, quitte sa place précipitamment et se dirige vers un des côtés du théâtre. Il s'arrête de nouveau, prête l'oreille avec une sorte d'agitation fiévreuse.) Ce frémissement ! ce murmure... je vais l'entendre !.. (Après avoir écouté.) Trompé ! trompé encore !.. (Il retombe peu à peu dans la rêverie et l'abattement.)

CAVATINE.

C'était un rêve : il n'y faut plus penser...
Mais non ! hier encor, ange, femme ou génie,
J'entendais ses accents... enivrante harmonie
Que de mon souvenir rien ne peut effacer.
  Rochers, bois solitaire,
  Mystérieux vallon,
  Beau lac que rien n'altère
  Me direz-vous son nom ?
  Toi que mon cœur appelle,
  Que jamais je ne vois,
  Es-tu simple mortelle ?
  Es-tu nymphe des bois ?
   Toi que j'appelle,
   Entends ma voix,
   Simple mortelle,
   Nymphe des bois.

Chaque jour, à la même place,
Me conduit le même désir.
Au moindre bruit du vent qui passe,
Je me dis : Elle va venir !
        Rochers, bois solitaire, etc.

Non ; elle sera partie, pour ne plus revenir, peut-être !.. Oh !
mon insouciance, ma gaieté, mon courage, qu'êtes-vous deve-
nus ? Et quel est ce sentiment nouveau qui me maîtrise au
point d'oublier les heures et de ne pouvoir m'arracher d'ici ?
Ma mère s'inquiète de ne pas me voir : je le sais, et je reste. Je
reste dans l'espoir d'entendre encore cette voix qui me charme,
qui me fascine, qui m'enivre ! Étrange délire, que je ne puis
vaincre et qui me consume ! (On entend un appel de voix, puis d'autres
voix qui répondent de divers côtés.) Qu'est-ce cela ? des gens qui ap-
pellent... C'est moi que l'on cherche sans doute. Pauvre mère !
Allons ! (S'arrêtant.) Non ; je ne puis m'éloigner avec eux. Il faut
que je l'entende encore une fois. (Il disparaît entre les rochers.)

SCÈNE II.

DANIEL et **AUTRES SERVITEURS** de la comtesse **Rosalinde.** Ils paraissent
en même temps de divers côtés et s'abordent avec empressement.

CHOEUR.

PREMIERS SERVITEURS.
Est-il trouvé ?
                DEUXIÈMES SERVITEURS.
                        Non, sur ma foi !
Je n'ai rien vu.
                PREMIERS SERVITEURS.
                        Ni moi !
                DEUXIÈMES SERVITEURS.
                                Ni moi !

ENSEMBLE.

Faudra-t-il donc à perdre haleine
Battre les monts, battre la plaine,
Toujours chercher, toujours courir,
Et sans jamais le découvrir ?
Ah ! comme au château la vie est plus douce !
On y mange, on dort, et l'on n'y fait rien.
Quelle sotte humeur à courir nous pousse ?
Dormir et manger nous allait si bien !
Voyons, crions de concert :
Monseigneur Albert ! monseigneur Albert !
                        (Ils écoutent.)
                PREMIERS SERVITEURS.
        Nous a-t-il répondu ?
                DEUXIÈMES SERVITEURS.
Je n'ai rien entendu.

LES PREMIERS.

Rien !

LES DEUXIÈMES.

Rien!

ENSEMBLE.

Chance maudite !
Échanger un bon gîte
Pour des rochers ardus,
Pour des sentiers perdus!
Ah ! comme au château la vie est plus douce !
On y mange, on dort, et l'on n'y fait rien.
Quelle sotte humeur à courir nous pousse ?
Dormir et manger nous allait si bien !
Voyons, crions de concert :
Monseigneur Albert ! monseigneur Albert!
(Ils toussent comme des gens qui se sont égosillés à crier.)

PREMIER SERVITEUR, crispant les poings avec colère.

Par ma barbe !.. je n'en aurai pas le démenti. En route encore une fois!

TOUS.

En route!

DANIEL, paraissant.

Bien dit! il ne faut jamais se décourager.

DEUXIÈME SERVITEUR.

Le conseil est bon, venant d'un paresseux qui marche toujours le dernier.

DANIEL, tranquillement.

Je vais vous dire pourquoi. Il y a quinze jours, notre bonne maîtresse, la comtesse Rosalinde, déjà inquiète du changement d'humeur et des longues absences de son fils unique et bien-aimé, me dit un matin : « Daniel, le voilà qui sort : suis-le et ne le perds pas de vue...» Je le suivis... à distance. Arrivé dans un fourré, à un endroit où le sentier tourne brusquement, comme je regardais devant moi, je sentis tout à coup du côté opposé quelque chose de si nettement appliqué, que j'en fus lancé dans le taillis, par-dessus un fossé de six pieds.

PREMIER SERVITEUR, après avoir regardé les autres avec quelque inquiétude.

Peste! (Il se glisse par terre et s'assied.)

DEUXIÈME SERVITEUR, même jeu.

Diantre! .

TOUS, même jeu.

Oh !.. ah! (Ils s'asseyent.)

DANIEL.

Ce changement de direction m'ayant donné à réfléchir, je revins au château.

PREMIER SERVITEUR, après avoir fredonné.

Est-ce que vous tenez absolument à avoir des nouvelles de notre jeune seigneur, vous autres?..

DEUXIÈME SERVITEUR.

Ce n'est pas nous, c'est la comtesse qui y tient.

PREMIER SERVITEUR.

Justement : je trouve que les mères sont folles de vouloir qu'à vingt-trois ou vingt-quatre ans un fils reste accroché à leurs jupes. Et si ce fils, comme celui-ci, ne se plaît qu'à courir les bois son faucon sur le poing, d'où lui est venu le nom d'Albert l'oiseleur, s'il s'est habitué à cette vie dès l'enfance, je dis que la mère est doublement folle de prétendre le retenir auprès d'elle. Est-ce que chaque homme n'a pas son humeur? Et, s'il fallait un exemple, est-ce que son père, notre haut et puissant maître, Magnus le Taciturne, n'a pas la sienne? Voilà quatorze ans, de compte fait, qu'il n'a pas desserré les dents. Ce n'est pas que je l'approuve d'être tombé dans cette mélancolie, uniquement pour s'être aperçu un jour que son fils n'aurait pas son nez! Franchement, il n'y a pas là de quoi s'arracher les cheveux... et, à sa place, j'en aurais allumé un feu de joie... mais c'est pour vous dire que chacun est bâti à sa manière et que c'est folie de prétendre changer le naturel d'un homme. L'un est sage, l'autre fantasque, celui-ci doux, celui-là bourru...

DEUXIÈME SERVITEUR.

Toi, tu es bavard.

PREMIER SERVITEUR.

Toi, ivrogne; Daniel est ambitieux, tel autre sera menteur... et nous sommes tous paresseux.

DEUXIÈME SERVITEUR.

Ceci convenu, je propose que l'on me conte des histoires pour m'endormir.

PREMIER SERVITEUR.

Bien dit : comme maître Daniel fait tous les soirs au vieux majordome, afin d'avoir l'occasion de lui souffler ses clefs, en attendant qu'il lui souffle sa place.

TOUS.

Ah! coquin!

DANIEL.

Non; je vais vous dire...

TOUS.

Allons! une histoire.

PREMIER SERVITEUR.

De celles que tu fais au majordome. Et tâche que je m'endorme avant la fin.

DANIEL.

Oh! quant à ça, je suis sûr de mon coup.

PREMIER SERVITEUR.

Alors on t'écoute. (Tous s'asseyent ou se couchent de droite et de gauche.)

DANIEL.

Puisque vous y tenez... je vais vous conter une vieille légende de ce pays-ci, des Ardennes, à laquelle l'endroit où nous sommes donne justement de l'à-propos, car celle qui en est le sujet habite dans ces environs, à ce qu'on dit. C'est l'histoire de la fée Carabosse.

DEUXIÈME SERVITEUR, s'étalant sur une roche.

Ça me paraît excellent pour faire un somme : je me souviens d'avoir été bercé avec ça.

DANIEL, au milieu.

Tant mieux ; la besogne pour toi est déjà à moitié faite. Je commence : Carabosse n'a pas toujours porté le vilain nom sous lequel on la connaît aujourd'hui : elle s'appelait autrefois *Mélodine*. C'était alors une fée toute petite, toute mignonne et si jolie, que l'on ne savait que préférer en elle, de la bonté de son cœur, de l'éclat de son esprit, ou des charmes de son visage. Outre ces qualités, Mélodine possédait un don qu'elle ne devait qu'au hasard, ou pour mieux dire, qu'elle tenait de l'endroit même où elle avait été élevée... un vieux nid de rossignol, dans lequel sa mère avait fait ses couches... Sa voix était si suave et si douce, et elle chantait si bien, qu'on ne pouvait l'entendre sans éprouver une extase indéfinissable, et qu'à moins de se boucher les oreilles, il était impossible de l'écouter sans devenir amoureux d'elle. Ce fut là ce qui la perdit. Un soir qu'elle était venue à la cour, la reine des fées voulut l'entendre... Elle l'emmena dans une pièce écartée, et lui ordonna de chanter. Mélodine se fit longtemps prier, car, bien qu'elles fussent seules et que le roi se trouvât au conseil, elle tremblait que sa voix ne parvînt jusqu'à lui, et elle n'ignorait ni la jalousie de la reine, ni le danger que cette voix faisait courir à ceux qui l'écoutaient. Elle résista donc tant qu'elle put ; mais, finalement, force lui fut d'obéir. Mélodine n'était pas au milieu du premier couplet, que voilà la porte qui s'ouvre doucement ; et le couplet n'était pas fini, que le roi et tous ses ministres s'élançaient aux genoux de la jolie chanteuse avec toutes les marques du plus violent amour. Le scandale fut grand, comme on peut penser ; toutefois la reine, qui était fort dissimulée, affecta de ne point paraître émue et congédia la chanteuse avec les plus gracieux éloges. Mais la jalousie était entrée dans son cœur, et, avec elle, la haine et le désir de la vengeance. Or, la nuit suivante était la nuit de l'assemblée générale des fées : au moment où la pauvre Mélodine s'inclinait devant la reine, celle-ci lui arracha la baguette de coudrier à laquelle était attaché son pouvoir, et, après l'avoir ainsi dégradée, elle changea son nom en celui de Carabosse, et la condamna à être désormais vieille, ridée, laide et bossue. Et, maintenant, pour qu'elle se débarrasse de sa vieillesse, il faut qu'elle trouve un homme qui consente à l'embrasser, et, pour qu'elle se débarrasse de ses bosses, un autre qui se résigne à les prendre. Encore est-il nécessaire qu'ils soient fiancés tous deux, et juste à la veille de se marier ! Autant valait lui dire tout de suite qu'on la condamnait à une vieillesse et à une difformité éternelles. Aussi, depuis ce fatal arrêt, Carabosse a

beau suivre à la piste les amoureux et accourir de son pas le plus pressé, dès qu'elle entend tinter une cloche de fiançailles, elle s'en retourne toujours comme elle est venue, avec ses rides sur le visage et ses bosses sur les épaules. (Tous se sont successivement endormis vers la fin de l'histoire, et, quand elle est terminée, ils ronflent tous.)

DANIEL, les regardant.

Eh bien! l'histoire n'a pas manqué son effet. Dorment-ils profondément les drôles!.. Ah! fainéants! si j'ai jamais de l'autorité sur vous, vous changerez d'habitudes, je vous en réponds. Que j'aurais de plaisir à les faire étriller, si j'étais seulement majordome!.. Patience!.. j'y arriverai.

COUPLETS.

Dormez, mes amis
Chéris,
Dormez, la paresse
Engraisse:
Dormez, mes petits amours,
Vous ne dormirez pas toujours.
Le ciel peut-être m'entendra:
S'il me fait votre majordome,
Alors, vous verrez comme
On vous cajolera,
On vous dorlottera.
Ah! ah! ah! ah!
Vous verrez ça!
Dormez, etc.
Vous m'avez fait de vilains traits,
Et je vous dois plus d'un mécompte ;
De tout j'ai tenu compte:
Vous me payerez les frais
Avec les intérêts.
Ah! ah! ah! ah!
Vous verrez ça!
Dormez, mes amis
Chéris, etc.

(En ce moment il se sent saisir par l'épaule et pousse un cri en reconnaissant Albert.) Oh !...

SCÈNE III.

ALBERT, DANIEL, SERVITEURS, endormis.

ALBERT.

Silence! que fais-tu là?

DANIEL.

Je m'endormais.

ALBERT.

Que sont venus faire ces hommes?

DANIEL.

Leur méridienne.

ALBERT.

Tu mens ; ils me cherchent.

DANIEL.

Pas en ce moment.

ALBERT.

Emmène-les.

DANIEL.

Où ?

ALBERT.

D'un autre côté.

DANIEL.

C'est dit.

ALBERT.

Et pas un mot !

DANIEL.

Pas un.

ALBERT.

Ou sinon...

DANIEL.

J'entends.

ALBERT.

Prends garde!.. (Il s'éloigne en regardant Daniel.)

SCÈNE IV.

DANIEL, LES SERVITEURS.

DANIEL, après l'avoir suivi des yeux, se retournant tout à coup.

Holà ! eh! vous autres! Est-ce que ça ne va pas finir, depuis deux heures que vous dormez?

CHŒUR.

DANIEL.

Debout! debout! battons la plaine.

LES SERVITEURS.

Debout! debout! métier d'enfer !
Il nous faudrait un corps de fer
Pour ne pas mourir à la peine.
Ah! comme au château la vie est plus douce !
On y mange, on dort, et l'on n'y fait rien.
Quelle sotte humeur à courir nous pousse?
Dormir et manger nous allait si bien !
Voyons : crions de concert :
Monseigneur Albert! monseigneur Albert!

(Ils s'éloignent tous.)

ALBERT, reparaissant après leur sortie et reprenant l'attitude mélancolique qu'il avait au commencement du prologue.

REPRISE DE LA CAVATINE.

Rochers, bois solitaire, etc.

(La toile tombe.)

ACTE PREMIER.

Hameau riant et coquet, assis dans une longue prairie encadrée de grands bois qui s'élèvent sur la pente des montagnes. — A droite, la maison de Pharamond.

SCÈNE PREMIÈRE.

(Au lever du rideau, la foule encombre le théâtre. Cris de joie, gaieté bruyante.)

PHARAMOND, GHISLAIN, GISETTE, VILLAGEOIS, VILLAGEOISES, BUCHERONS, BUCHERONNES, en habits de fête.

(Un arbre orné de rubans est apporté et planté devant la maison de Pharamond. Les enfants dansent autour. Mouvement de joie générale.)

CHŒUR.

Chantons ! dansons ! c'est fête, on se marie !
Défoncez la cave ! ouvrez les tonneaux !
Jusqu'à demain, gaîté, bonheur, folle !
Les jours de plaisir sont toujours nouveaux.

PHARAMOND, à Ghislain.

Toi qui maintenant es de la famille,
Je t'attends ce soir le verre à la main !

GHISLAIN.

Je vous tiendrai tête.

PHARAMOND, à Gisette.

Et pour toi, ma fille,
Allons, gai ! chantons quelque bon refrain !
Mais pas de sottes antiennes !
Des bûcherons de nos Ardennes
Redis-nous le joyeux refrain.

GISETTE.

COUPLETS.

I.

Bûcheron, le jour paraît :
Laisse là ton toit de chaume.
Pars gaîment pour la forêt ;
La forêt, c'est ton royaume.
Un gros baiser plein de cœur
A ta compagne vaillante ;

Puis au loin que ta voix chante
La chanson du travailleur :
Hardi, ma cognée !
Remplis ma journée
D'un joyeux fracas.
Frappe ! frappe ! fais voler en éclats
Et l'orme et le frêne ;
Fais crier le chêne ;
Frappe, j'ai bon bras !

II.

Bûcheron, dans ton ardeur,
Brave le soleil qui brille :
Ton courage et ta vigueur,
C'est le pain de ta famille.
Ta fille est là qui grandit,
Il lui faut guimpe nouvelle :
Ton travail la fera belle.
Chante tant que le jour luit :
Hardi, ma cognée, etc.

REPRISE DU CHŒUR.

(Après le chœur, la plupart des villageois sortent gaiement, après avoir serré
la main à Pharamond et aux fiancés.)

SCÈNE II.

PHARAMOND, GHISLAIN, GISETTE.

PHARAMOND, parlant aux villageois pendant qu'ils sortent.

C'est ça, mes enfants : allez au-devant de M. le majordome,
car il représente aujourd'hui monseigneur le comte Magnus,
notre haut et puissant maître, et il vient tout exprès de sa part
pour faire un discours aux fiancés. C'est un honneur dont je
suis fier, j'ose le dire... (A quelques-uns qui sont restés.) Quant à
vous, camarades, un dernier verre de bierre, afin de vous disposer à écouter convenablement le discours du vieux majordome,
quoiqu'il ne doive vous servir à rien. (Il les conduit à sa maison
dans laquelle il les fait entrer comme s'il allait les suivre. Revenant sur ses
pas.) Le plus beau jour pour un père est certainement celui où
il se débarrasse de sa fille. Vois-tu, Ghislain, ce n'est pas pour
dire, mais c'est une riche affaire que tu fais là, en épousant Gisette. (La montrant.) C'est petit, c'est mince, ça ne paye pas de
mine ; mais c'est vif comme un écureuil, franc comme le cœur
d'un jeune chêne, et gai comme nos buissons au mois de mai.
Ça rit dès le matin, ça flâne toute la journée, ça ne demande
qu'à jouer et à ne rien faire. Aussi son départ va me causer un
bien grand vide ! C'est égal : c'est un beau jour ! (Il va pour rentrer chez lui.)

GHISLAIN, le retenant.

Et vous lui reconnaissez quarante écus d'or en la mariant ?

PHARAMOND.

Ce n'est pas moi, c'est la comtesse, sa marraine, qui les lui donne. (Fausse sortie.)

GHISLAIN.

Avant son décès?

PHARAMOND.

De qui?

GHISLAIN.

De la comtesse.

PHARAMOND.

Mais ce soir, bêta! à minuit!.. après le mariage, qui aura lieu par faveur dans la chapelle du château. (Il entre chez lui.)

GHISLAIN, se frottant les mains.

Tout de suite après? comptant? quarante écus d'or!.. je vais être riche!!!... (Allant tout joyeux à Gisette.) Ah! mais, dites donc, Gisette, si c'est comme ça, et que vous aimiez à rire, il ne faudra pas vous gêner avec moi. (Gisette rit.) Si vous aimez à jouer, eh bien! nous jouerons. (Il la pousse légèrement. Gisette lui répond par un soufflet qui le fait pirouetter.) Oh!.. nous jouerons. (Il la pousse de l'autre côté, second soufflet qui le fait revenir à sa première place.) Oh!

PHARAMOND, sortant de chez lui.

Là! qu'es-ce que je t'avais dit? est-elle gaie?

GHISLAIN.

Ah! mais, oui. (On entend la cloche.)

PHARAMOND.

Bon! déjà la cloche! c'est M. le majordome qui arrive! (Appelant.) Ohé! vous autres, dépêchons-nous! Allons, les fiancés en tête!...

GHISLAIN.

Voilà!... C'est vrai qu'elle est joliment gaie, votre fille.

PHARAMOND.

Ah! tu en verras bien d'autres. C'est un beau jour! (Ils disparaissent. Cris nombreux et prolongés dans la coulisse : « Vive le majordome! vive les fiancés! » Le théâtre reste vide, la cloche continue de tinter. Tout à coup on voit apparaître au loin une petite vieille qui se hâte et accourt de son pas le plus pressé.)

SCÈNE III.

CARABOSSE.

AIR.

Je suis Carabosse:
Au bruit d'une noce,
On me voit venir,
Trottiner, courir.
Quand paraît ma bosse,
C'est que deux amants bientôt vont s'unir.
Je suis Carabosse,
Le bruit d'une noce

Me fait accourir.
D'un futur je sollicite
Un simple baiser ;
Par malheur aucun n'hésite
A me refuser.
Entre amants point de querelle,
Pas même un ennui!
Jamais on ne fut fidèle
Autant qu'aujourd'hui!
En vain Carabosse,
Au bruit d'une noce
Veut se réjouir :
Impuissant désir !
Vieillesse ni bosse,
Rien ne peut partir.
Dois-je dévorer sans cesse
Mes chagrins profonds ?
Sans retrouver ma jeunesse
Et mes cheveux blonds?
Bien souvent, les yeux humides,
Je gémis tout bas ;
Si mon visage a des rides,
Mon cœur n'en a pas.
Je suis Carabosse:
Au bruit d'une noce
On me voit venir,
Trottiner, courir.
Quand paraît ma bosse
C'est que deux amants bientôt vont s'unir.
Je suis Carabosse,
Le bruit d'une noce
Me fait accourir.

Voyons! qui se marie ici? Bast! quelque jeune gars bien infatué de sa future et qui, pas plus que ses devanciers, ne sera tenté du désir de m'embrasser. Que serait-ce donc s'il savait ce que pourrait lui coûter un pareil baiser, et qu'il échangerait soudain contre ma vieillesse et mes cheveux gris ses vingt ans et ses joues rosées !.. Oh! c'est alors que j'aurais peu de chance de réussir! Les hommes sont si égoïstes! Mais aussi! m'avoir condamnée à séduire un fiancé! Si c'était un mari, je ne dis pas... Un mari, c'est un lendemain... mais un fiancé ! ce n'est pas même le jour... c'est la veille, et la veille on est toujours fidèle à sa femme, plus ou moins. Allons! je ne le sens que trop, je m'en retournerai encore cette fois comme je suis venue. (Elle s'assied.) Et pourtant... je n'ai jamais tant soupiré qu'aujourd'hui après mes fraîches années... jamais! Et quand seule, dans la montagne, il m'arrive d'essayer quelque passage de mes chants bien-aimés... quand l'écho semble les rajeunir pour me les rapporter frais et purs comme autrefois... je sens mes yeux se remplir de larmes et mon cœur s'élancer vers le

passé. Le passé... n'est-ce point l'avenir plutôt que je devrais
dire?.. L'avenir sans les rides, sans les bosses... tel qu'on me
l'a promis si ces rides je parvenais à les faire effacer par un
baiser, si ces bosses un second fiancé consentait à les acheter...
L'avenir rayonnant, heureux, jeune, éternel... avec lui !.. que
le hasard un jour a conduit de mon côté, dans la montagne, et
qui m'a entendue, et qui revient tous les jours à la même place
pour m'entendre encore... Albert! oh! c'est pour lui maintenant, pour lui seul que je voudrais rajeunir, pour lui dont le
cœur me cherche, m'appelle, sans que j'ose, hélas! me montrer
à ses yeux, pour lui que j'ai... Eh bien! eh bien! si on m'en-
tendait!... A mon âge! voilà qui est joli... Ah! fi! fi donc!

SCÈNE IV.

CARABOSSE, DANIEL.

DANIEL, parlant à la cantonade, pendant que Carabosse remonte un peu à
l'écart.

C'est bon, retournez au château: moi je m'arrête ici pour dire
bonjour en passant au père Pharamond. (A lui-même, en se diri-
geant vers la maison.) Ça fait que si la comtesse est mécontente du
peu de succès de nos recherches et qu'il y ait quelques horions
à recevoir, ce sera pour les premiers arrivés. Tiens ! personne au
logis, la porte est fermée! (Avec un sentiment d'amertume.) Ah! je comprends ! c'est aujourd'hui que l'on célèbre les fiançailles, et ce
soir que l'on se marie !.. tout est en l'air ici... (Il ricane.) Sot que
je suis de m'être laissé prévenir par ce Ghislain, et de n'avoir
pas calculé qu'en épousant la petite je m'acquérais un titre à
la protection de la comtesse, sa marraine! Le calcul était pourtant bien simple, et je ne comprends pas comment... (A Carabosse
qu'il aperçoit en se retournant et qui, toujours l'oreille au guet, a petit à
petit descendu la scène.) Eh bien! la vieille... vous n'êtes pas de la
noce ?

CARABOSSE.

Moi ?., oh! pour ça non. D'abord, je n'ai jamais vu les fiancés, et puis les mariages ça m'intéresse si peu !

DANIEL.

C'est comme moi. Après la figure d'un pendu, je ne connais
rien de plus triste que la figure d'un marié.

CARABOSSE, riant.

C'est bien vrai. (Avec curiosité.) Et savez-vous si celui-ci est
jeune?

DANIEL.

Je sais qu'il est bête.

CARABOSSE.

L'un n'empêche pas l'autre.

DANIEL.

Seulement quand ça se trouve réuni....

CARABOSSE.

C'est la perfection.

DANIEL.

Eh bien! je vous donne le futur pour un modèle.

CARABOSSE.

En vérité! il est si bête que vous dites?

DANIEL.

Pour le moins. Ça paraît vous faire plaisir?

CARABOSSE.

Beaucoup.

DANIEL.

Pourquoi?

CARABOSSE, finement.

Oh! que sais-je? Peut-être parce qu'en ma qualité de femme j'ai un faible pour les imbéciles... ils sont plus faciles à attraper.

DANIEL.

Eh bien! envisagé à ce point de vue, celui-ci ne donnera de peine à personne.

CARABOSSE.

Vous croyez?

DANIEL.

J'en réponds!

CARABOSSE.

Que le ciel vous entende!

DANIEL, avec un sérieux comique.

Merci de l'intérêt que vous lui portez.

CARABOSSE.

Et, dites-moi... ce garçon qui m'inspire de si belles espérances... ce jeune homme naïf, qu'on attrapera, selon vous, en un tour de main, se marie sans doute par amour?

DANIEL.

Lui?.. allons donc!

CARABOSSE.

Par calcul?

DANIEL.

Cela va sans dire.

CARABOSSE.

De mieux en mieux! La fiancée est donc riche?

DANIEL.

Non! mais sa marraine l'étant, il est naturel de penser que la petite aura... Ah çà! dites donc, la vieille, pour quelqu'un que les mariages n'intéressent pas, vous me paraissez pas mal curieuse?

CARABOSSE.

Vous trouvez?

DANIEL, à part, en riant.

Je veux qu'on m'étrangle si elle ne ressemble pas, trait pour trait, à la fée de la légende.

CARABOSSE.

Ah! il est bête?

DANIEL.

Tournez-vous donc!

CARABOSSE, lui présentant toujours la figure.

Pourquoi faire?

DANIEL, tournant autour d'elle pendant qu'elle tourne sur elle-même.

Tournez-vous donc!

CARABOSSE, se sauvant à reculons.

Mais pourquoi faire? c'est inutile. Au revoir! merci!... Ah! il est bête!... (Elle disparaît dans la coulisse.)

SCÈNE V.

DANIEL.

D'où diable peut sortir cette vieille-là avec son babil et ses questions? Je n'ai jamais vu de figure aussi étrange dans le pays, et, si j'étais superstitieux... Ah! bon! voici le père Pharamond qui revient de la cérémonie avec les fiancés. Ils n'ont pas l'air gai. (Il se tient un peu à l'écart.)

SCÈNE VI.

DANIEL, PHARAMOND, GHISLAIN, GISETTE.

PHARAMOND, placé entre Ghislain et Gisette, lesquels s'efforcent de comprimer leurs sanglots.

Voilà ce qu'on peut appeler un discours bien tourné!... et certainement le comte Magnus... du temps qu'il disait encore quelques mots... ne s'en serait pas tiré aussi galamment que ce vieux majordome. C'est là un homme qui parle bien et qui n'est pas embarrassé pour trouver ce qui convient à la circonstance quand il a dit : « La plupart des gens ne savent pas ce qu'ils font en se mariant. Autant vaudrait pour eux se mettre tout de suite une pierre au cou. »

GHISLAIN, sanglotant.

Ah! ah!

PHARAMOND, ému.

Les enfants! c'est la bénédiction d'une maison!.. Plus on en a... plus on est exposé à mourir de faim!

GISETTE, sanglotant.

Ah! ah!

PHARAMOND.

Un père à qui l'on demande la main de sa fille!... c'est un homme auquel on arrache une dent.

GHISLAIN ET GISETTE, sanglotant.

Ah! ah!

PHARAMOND, que l'émotion gagne.

Ah! c'est un beau jour! j'ai envie de ne plus te donner ma fille.

GHISLAIN.

Un moment! dites donc! ça ne m'arrangerait pas.

GISETTE.

Voilà qui serait bête.

PHARAMOND.

C'est à cause de la dent... de la dot... Et puis, tu es tout en pleurs.

GISETTE.

Parce qu'il pleure, lui.

GHISLAIN.

Mais c'est de voir pleurer votre père.

GISETTE.

Autrement, je dois dire que ça m'a bien ennuyée.

PHARAMOND.

Quoi?

GISETTE.

Le discours.

PHARAMOND.

Ah bah!

GHISLAIN.

Et moi donc!

PHARAMOND.

Eh bien, mes enfants, je n'osais pas vous le dire, mais ça m'a fait le même effet. (A Daniel, qui s'avance en riant.) Tiens! maître Daniel!

DANIEL.

Eh! vraiment oui, c'est moi qui me suis arrêté dans le village tout exprès pour boire avec vous à la santé des mariés.

PHARAMOND, à part.

Encore un qui a soif. (Haut.) Gisette, de la bierre et des verres.

DANIEL, à part.

Cette vieille me trotte par la tête.

PHARAMOND, à Giselle.

M'entends-tu?

GISETTE.

Vous savez bien que tout est à sec chez nous.

PHARAMOND.

C'est pardieu vrai! j'ai vidé le dernier broc avant de partir.

GHISLAIN.

Mais il y a des tonneaux en perce sur la place.

DANIEL.

Des tonneaux? j'aime mieux ça.

PHARAMOND.

Naturellement. Qui est-ce qui a eu cette idée de tonneaux?

GHISLAIN.

C'est moi... à votre compte, pour vous faire honneur.

PHARAMOND.

Merci.

DANIEL, lui prenant le bras.

Venez-vous ?

PHARAMOND.

Où ça ?

DANIEL.

Sur la place ?

PHARAMOND.

Comment donc ? Seulement, j'en arrive ; enfin, n'importe...
si vous tenez à trinquer avec quelqu'un... je vous ferai observer
que c'est la vingtième course que je fais depuis ce matin.

DANIEL.

Bah ! on ne marie sa fille qu'une fois.

PHARAMOND.

Heureusement ! ah ! c'est un beau jour ! (Il sort avec Daniel.)

SCÈNE VII.

GHISLAIN, GISETTE, CARABOSSE, paraissant mystérieusement et
avec précaution pour ne point être vue.

CARABOSSE, à part.

Le voilà seul avec sa fiancée !... quelle ruse employer pour
me faire embrasser par lui ?

GISETTE.

Vous auriez bien pu éviter à mon père la peine de se dé-
ranger.

GHISLAIN.

Tiens ! il n'a que ça à faire !

GISETTE.

Et vous êtes bien occupé, vous ?

GHISLAIN.

Moi, je suis le marié, j'ai mes fonctions. D'ailleurs voyez-
vous, Gisette, dans un bon ménage, une femme ne doit jamais
trouver à redire à ce que fait son mari.

GISETTE.

Et un mari doit toujours faire ce que dit sa femme.

GHISLAIN.

Rappelez-vous les instructions du majordome : il vous a recommandé d'être obéissante.

GISETTE.

Et à vous d'être soumis.

GHISLAIN.

Il n'a pas parlé de ça.

GISETTE.

Je vous dis que si... voilà ses paroles : « Je vous recom-
mande l'obéissance... et la soumission à votre mari. »

GHISLAIN.

Eh bien ?

GISETTE.

Eh bien! il vous a recommandé la soumission, c'est clair!

GHISLAIN.

Ah! vous avez compris la chose comme ça, vous?

CARABOSSE, à part.

Une querelle?.. ça va me servir.

GHISLAIN.

Mais je vous préviens qu'il faudra en rabattre.

GISETTE.

Ah! ouitche!

GHISLAIN.

C'est-à-dire que vous vous proposez de me tenir tête?

GISETTE.

C'est-à-dire que vous comptiez être le maître tout seul?

GHISLAIN.

Croyez-vous que j'y renonce?

GISETTE.

Pensez-vous que j'y consente?

GHISLAIN.

J'ai mes droits.

GISETTE.

J'ai mes doigts.

CARABOSSE, les séparant.

Eh! la! la! mes enfants, qu'est-ce donc? une querelle déjà? avant le mariage?

GHISLAIN.

Oui, une querelle qui ne vous regarde pas, par la raison que vous ne sauriez y remédier, ma bonne femme.

CARABOSSE.

Peut-être... et si je vous enseignais le moyen d'éviter à l'avenir toute discussion semblable en ménage, le remède ne vous paraîtrait pas à dédaigner, je suppose? J'ai de l'expérience... quand on a été mariée pendant quatre-vingt-cinq ans...

GISETTE.

Ah! mon Dieu!.. toujours au même?

CARABOSSE.

Toujours... et sans que jamais nous nous soyons dit un mot plus haut l'un que l'autre.

GHISLAIN.

Par exemple! je demande votre recette.

CARABOSSE, tendant la joue vivement.

Vous m'embrasseriez bien pour l'avoir?

GHISLAIN, comme s'il allait l'embrasser.

Oh! ça... (S'arrêtant.) Je demande votre recette.

CARABOSSE, à part.

J'ai cru l'attraper du premier coup... Essayons autrement. (Haut.) Notre recette?.. Oh! mon Dieu! elle est bien simple.

TRIO.

CARABOSSE.

Au temps du bon roi Dagobert
Tout ménage était un modèle ;
Jamais d'humeur ni de querelle :
Les époux vivaient de concert
Au temps du bon roi Dagobert.

GHISLAIN.

A cette époque lointaine,
On s'aimait plus qu'aujourd'hui ?

GISETTE.

On adorait son mari
Pendant plus d'une semaine ?

CARABOSSE.

Mais vraiment oui !

GHISLAIN ET GISETTE.

Ah ! comme on vivait de concert
Au temps du bon roi Dagobert !

CARABOSSE.

Eh bien ! enfants, savez-vous
D'où provenait cette entente
Si touchante
Eutre les époux ?

GHISLAIN ET GISETTE.

Non... non... vite instruisez-nous !

CARABOSSE, à part.

Je les tiens !

GHISLAIN ET GISETTE.

Instruisez-nous !

CARABOSSE.

C'est qu'avant la noce, en cachette,
C'était l'usage au bon vieux temps,
Ils se voyaient. quelques instants,
Se disaient leur humeur secrète,
Et là, le plus tendre et le plus soumis,
D'un commun accord, pour sa récompense,
Était reconnu d'avance
Le maître au logis.

GISETTE.

Le plus tendre...

GHISLAIN.

Et le plus soumis...

TOUS DEUX.

Avait cela pour récompense ?

CARABOSSE.

Oui, l'on convenait à l'avance
Qu'il serait le maître au logis.

GISETTE, la prenant à part.

Et, malgré sa promesse,
Si le mari s'emportait ?

CARABOSSE.

V'li! v'lau! il avait son fait,
C'était bientôt fait!
Et jamais il ne répliquait.

GHISLAIN, la prenant à part.

Et pour être maîtresse
Quand la femme bataillait?

CARABOSSE.

Vli! v'lan! elle avait son fait,
C'était bientôt fait!
Jamais elle ne répliquait.

ENSEMBLE.

Ah! que le temps de Dagobert
Est fait pour servir de modèle!
Jamais d'humeur ni de querelle!
Les époux vivaient de concert
Au temps du bon roi Dagobert!

GHISLAIN.

O l'excellente recette!
Dès ce soir, tous deux, Gisette,
Il faut, avant d'être unis,
Causer comme au temps jadis!

GISETTE.

O l'excellente recette!
Ce soir, tous deux en cachette,
Il faut, avant d'être unis,
Causer comme au temps jadis.

CARABOSSE, à part.

A la place de Gisette,
Ce soir ici je le guette,
Et s'il vient... ma foi! tant pis!
La nuit tous les chats sont gris!

GHISLAIN, à Gisette.

Nous nous verrons?

GISETTE.

C'est convenu.

GHISLAIN.

Ce soir, ici?

GISETTE.

C'est entendu.

GHISLAIN.

Par ma douceur si j' brille
J'aurai le dé chez nous?

GISETTE.

Et vous filerez doux,
Si je suis bien gentille?
Le plus soumis...

GHISLAIN.

Le plus câlin...

TOUS DEUX.

Sera le maître dès demain.

REPRISE.

GHISLAIN ET GISETTE.

O l'excellente recette! etc.

CARABOSSE.

A la place de Gisette, etc.

SCÈNE VIII.

LES PRÉCÉDENTS, **PHARAMOND.**

(La nuit vient pendant celle scène.)

CARABOSSE, à part,

Ah! le premier pas a réussi! Puissé-je être aussi heureuse dans le second!

PHARAMOND, à Ghislain, avec une irritation concentrée.

J'ai toujours vu que dans une noce, quand le beau-père avait fait honnêtement les choses, c'était le tour du fiancé de régaler les amis et témoins. Les nôtres devenant de plus en plus altérés, et les tonneaux continuant à couler au compte du beau-père, je te préviens que si tu n'y mets ordre, je retiens ça sur la dot.

GHISLAIN.

Hein! que dites-vous?..

PHARAMOND.

Je dis que j'en ai assez comme ça, et que je t'engage à y courir au plus vite, sans quoi il ne te restera pas un sou.

GHISLAIN.

Mazette! qu'est-ce qu'ils ont donc bu?

PHARAMOND, comptant.

Cinq et trois font huit, et trois... je ne sais pas ce que ça fait, mais ne t'amuse pas en route.

CARABOSSE, bas et vivement, à Ghislain.

Pensez au rendez-vous!

GHISLAIN, de même.

Oui.

GISETTE, vivement et bas, à Ghislain.

Ici!

GHISLAIN, de même.

Oui.

GISETTE.

Tout à l'heure?

GHISLAIN.

Oui.

PHARAMOND.

Veux-tu courir! (Ghislain sort en courant.)

CARABOSSE, à part.

Maintenant, débarrassons-nous de la petite. (Bas et mystérieusement, à Pharamond.) Chut... ne quittez pas votre fille.

PHARAMOND.

Pourquoi ?

CARABOSSE.

Afin de la surveiller.

PHARAMOND.

Dans quel but ?

CARABOSSE.

Je vous le dirai.

PHARAMOND.

Ça me fera plaisir. (Haut, à Gisette.) Tu vas prendre mon bras.

GISETTE.

Pour aller où ?

PHARAMOND.

Je n'en sais rien.

GISETTE.

Mais enfin ?..

PHARAMOND.

Mais enfin... quand je te dis que je n'en sais rien. Rentrons chez nous.

GISETTE.

Pourquoi faire ?

PHARAMOND.

Pour rentrer.

GISETTE.

Mais c'est ennuyeux !

PHARAMOND.

Je le sais bien. Ah ! c'est un beau jour ! (Ils rentrent tous deux. — La nuit devient obscure.)

SCÈNE IX.

CARABOSSE, seule.

Enfin la place est nette !.. Pendant que la petite sera enfermée là, avec son père, c'est moi qui jouerai son personnage au rendez-vous, et, grâce à la nuit, grâce au soin que j'aurai de déguiser ma voix, le fiancé s'y trompera, je l'espère... Mais parviendrai-je à me faire embrasser par lui ? Pourquoi pas ?.. Un baiser à sa future... cela se donne si aisément !.. Oui, mais ce Ghislain est si bête ! Ah ! mon pauvre cœur bat avec une force !.. Je l'entends... allons, Carabosse, un dernier coup de filet !...

SCÈNE X.

CARABOSSE, GHISLAIN,

GHISLAIN, un peu en train.

Ouf ! c'est un pillage là-bas... une ruine !.. Le père Pharamond ne m'a pas trompé. Les coquins, m'ont-ils fait boire !..

j'y vois double... Et Gisette qui compte sur moi!.. ah bien!
oui... (Appelant à demi voix.) Pst !.. Gisette !'

CARABOSSE, déguisant sa voix.

Ah ! c'est vous ?

GHISLAIN.

Oui, c'est moi... je m'en vas.

CARABOSSE.

Comment ! vous arrivez !

GHISLAIN.

Justement, j'arrive pour vous dire que je m'en vas.

CARABOSSE.

Mais le motif ?

GHISLAIN.

Le motif? C'est qu'on boit toujours sur la place, qu'il paraît que ça regarde la dot et que je n'ai pas envie de la verser
dans le gosier de tout ce monde-là.

CARABOSSE.

Et notre rendez-vous? nos conventions à établir?

GHISLAIN.

Oh ! quant à ça, je trouverai toujours moyen de vous mettre
à la raison... que ça ne vous inquiète pas!

CARABOSSE, à part.

Il m'échappe!

GHISLAIN.

Adieu !

CARABOSSE.

Ah! c'est résolu? Eh bien! je vous avertis que si vous me
quittez, si vous faites seulement un pas de plus, vous ne serez
jamais mon mari.

GHISLAIN, cloué sur place.

Hein ?

CARABOSSE.

Jamais. Voilà mon dernier mot.

GHISLAIN, revenant.

Eh bien ! il est gentil. Vous tenez donc absolument à ce que
nous nous entendions tout de suite, ensemble, comme au temps
de Dagobert? C'est bon, entendons-nous : ça ne sera pas long,
et vu que je reste... ce qui prouve que je suis obéissant, et que
vous m'avez menacé, ce qui n'indique pas que vous soyez sou-
mise, il est clair que c'est une affaire réglée et que l'autorité
m'appartient de droit, comme ça se pratiquait du temps...

CARABOSSE, évitant toujours d'être tournée vers lui.

Ta ! ta! ta! Il s'agit bien d'autorité, à présent. Il s'agit de
savoir si nous nous marierons. Oui ; ce qui vient de se passer
me donne à réfléchir, et, à moins que vous ne deveniez, pour
me plaire, bien doux, bien aimable, bien empressé ; à moins
que vous ne trouviez moyen, par vos réponses, de me con-
vaincre de votre amour, et de me montrer l'avenir sous des

couleurs qui me séduisent, je suis parfaitement décidée à ne plus vous épouser.

GHISLAIN.

Mais c'est bien plus que nos conventions, ça. C'est tout autre chose !

CARABOSSE.

C'est possible ; seulement, vous voilà prévenu : tâchez d'être gentil.

GHISLAIN, avec rage.

Gentil ! gentil !... certainement, je le serai. (A part.) Oh ! si nous étions seulement mariés depuis vingt-quatre heures !

DUO.

CARABOSSE.

Voyons, monsieur mon époux,
Dans notre petit ménage
Quel doit être mon partage
Et comment m'aimerez-vous ?
Quel sera mon partage ?
Et comment m'aimerez-vous ?

GHISLAIN.

Oh ! je veux en esclave
Vous servir à genoux,
Et, pour que j'en vienne aux coups,
Il faudra qu'un cas soit grave.

CARABOSSE.

Ah ! vraiment !
C'est d'un mari charmant !
Mais, pour obtenir mon suffrage,
Pour que j'accepte votre nom,
Il faudra m'aimer davantage,
Ou sans cela je dirai non.

GHISLAIN.

Vous direz non ?

CARABOSSE.

Je dirai non.

ENSEMBLE.

CARABOSSE.

Je suis exigeante,
Et je veux, oui-da !
Pour être contente,
Mieux que tout cela.

GHISLAIN.

Elle est exigeante ;
Et de ce train-là,
Pour la voir contente
Il m'en coûtera.

GHISLAIN.

Mais que vous faut-il ?

CARABOSSE.

Un amour extrême.

GHISLAIN.

Je l'ai dans mon cœur.

CARABOSSE.

Mais je n'en sais rien.

GHISLAIN.

J'aime ! j'aime ! j'aime ! Oh ! que je vous aime !
Et de le prouver je trouve un moyen !

CARABOSSE, à part.

Il a su comprendre,
Il va tout oser.
Ah ! s'il pouvait prendre
Un petit baiser !

GHISLAIN.

Soyons vif et tendre :
Il faut tout oser,
Et, sans plus attendre,
Lui prendre un baiser.

CARABOSSE.

Si de réussir
Ici j'ai l'adresse,
A moi la jeunesse!
A moi l'avenir!

ENSEMBLE.

CARABOSSE.

Il a su comprendre,
Il peut tout oser.
Enfin, il va prendre
Cet heureux baiser !

GHISLAIN.

Soyons vif et tendre :
Il faut tout oser.
Tant pis, sans attendre,
Je prends un baiser.

(Au moment où Ghislain l'embrasse, il devient vieux tout à coup. Carabosse,
fraîche et rajeunie, mais toujours bossue, se sauve avec un éclat de rire.)

GHISLAIN, courant péniblement après elle.

Gisette! mais où allez-vous donc ? Gisette ! (Il la suit.)

SCÈNE XI.

DANIEL, puis PHARAMOND, GISETTE.

DANIEL.

Je voudrais bien savoir ce qu'est devenue ma vieille, et si
elle rôde toujours par ici.

GISETTE, pleurant et se querellant avec son père.

La! ce sera votre faute!

PHARAMOND.

Quoi?

GISETTE.

Si je ne le vois pas.

PHARAMOND.

Qui ?

GISETTE.

Vous serez cause que je ferai mauvais ménage, et que je serai battue par mon mari.

PHARAMOND.

Je ne m'explique pas pourquoi; mais un père, jusqu'au dernier moment, ne doit pas quitter sa fille : c'est sa corvée.

GISETTE.

Eh bien! vous serez cause qu'au lieu d'être battue par lui, c'est moi qui le battrai.

PHARAMOND.

Naturellement, j'aimerai mieux ça.

SCÈNE XII.

PHARAMOND, GISETTE, DANIEL, VILLAGEOIS, VILLAGEOISES avec des torches, puis **GHISLAIN.**

FINALE.

CHŒUR.

La cloche tinte à la chapelle,
Nous voici tous au rendez-vous.
Amis, c'est l'heure solennelle,
Faisons cortége aux deux épous.

GISETTE.

Mais mon futur n'est pas là.

PHARAMOND.

Où donc est-il?

GHISLAIN.

Me voilà!

TOUS, s'écartant en poussant un cri.

Ah!

(Stupéfaction générale.)

Quelle tête! quel mystère!
Ce n'est pas lui, c'est son père !

GISETTE, s'approchant pour le considérer.

Est-il abîmé !
Est-il déformé !
On m'a changé mon amoureux !
Ah! qu'il est laid! ah! qu'il est vieux!

PHARAMOND ET DANIEL, chacun dans un sentiment différent.

Est-il abîmé !
Est-il déformé !

Il n'a plus ni dents, ni cheveux!
Ah! qu'il est laid! ah! qu'il est vieux!
(Même jeu de scène de la part de tout le monde successivement.)
GHISLAIN, à qui Gisette a offert un petit bout de miroir qu'elle est allée
prendre chez elle.)
Je suis très-laid! je suis très-vieux!

GISETTE.

Je n'en veux plus, mon père.

PHARAMOND.

A cet arrêt sévère,
Vu son état présent,
Je donne mon consentement.

GISETTE.

Mais d'où lui vient cette laide figure?

DANIEL, riant.

Ah! je devine l'aventure!

TOUS.

Parlez!

DANIEL.

Ah! ah! voici l'aventure:
C'est le résultat d'un baiser,
Qu'il vient tout chaud de déposer...
(Malignement à Gisette.)
L'inconstance est un peu précoce...
Sur le beau front de Carabosse!

TOUS.

Que dites-vous?

DANIEL.

De Carabosse!
Oui, ce vieux tendron, qui, dès le matin,
D'un pas empressé, d'un air patelin,
Par ici rôdait en flairant la noce,
C'était Carabosse!

GISETTE, GHISLAIN ET PHARAMOND.

C'était Carabosse!

TOUS, consternés.

C'était Carabosse!
Ah! la maudite sorcière
A dupé le pauvre hère.
Maudite sorcière!!
Armons-nous et courons!
Battons bois et buissons!
Il faut la prendre!
Il faut la pendre!
Contre de tels larrons
Cailloux, fléaux, bâtons
Sont bons!

GHISLAIN, tristement et en se regardant.

A vingt-cinq ans en être là!

GISETTE, de même.

Quand on n'était pas beau déjà!

GHISLAIN.

Ah !

PHARAMOND.

Ah !

GISETTE.

Ah !

CHŒUR.

Armons-nous et courons !
Battons bois et buissons!
Il faut la prendre !
Il faut la pendre !
Contre de tels larrons
Cailloux, fléaux, bâtons
Sont bons !

(Les paysans se sont armés de tout ce qu'ils ont trouvé sous leurs mains.
— Le tocsin sonne. — Tout le monde se disperse animé de la même
colère.)

ACTE DEUXIÈME.

Intérieur du château de Magnus le Taciturne. — Salle gothique
ouvrant par de vastes croisées en ogive et par une large porte
sur la cour du château. — Portes latérales. — Table à droite.
— Lit de repos à gauche, fauteuils, etc. — Meubles divers.

SCÈNE PREMIÈRE.

ALBERT, étendu sur le lit de repos, LA COMTESSE, debout à son chevet, DANIEL, SERVITEURS groupés au second plan.

INTRODUCTION.

CHŒUR DES SERVITEURS.

Plus de souffrance,
Le mal a fui.
Faisons silence
Autour de lui.

DANIEL, à part.

Lorsqu'aujourd'hui je me marie,
Faut-il ici perdre mon temps?
Ma Gisette, je le parie,
Loin de moi compte les moments.

REPRISE DU CHŒUR.

Plus de souffrance, etc.

(Les serviteurs et Daniel s'éloignent lentement sur la pointe du pied.)

ALBERT, se levant en sursaut.

Pourquoi me laisser seul? J'en ressens mieux ma peine.
Non, non, du bruit, des chants joyeux!
De vin du Rhin la cave est pleine.
Buvez et chantez, je le veux!

LA COMTESSE, avec empressement.

Obéissez...

ALBERT, se retournant à sa voix et allant à elle.

Ma mère!

LA COMTESSE.

Ah! je tremble pour toi.

ALBERT.

Calmez ce trouble et cet effroi.
Si du mal la coupe est amère,
On souffre moins dans les bras de sa mère :
Restez, restez auprès de moi.

DANIEL, aux serviteurs qui apportent du vin et des verres.

Versez, mes amis, versez vite;
Craignons la fièvre qui l'agite.

ALBERT, à sa mère.

Calmez ce trouble et cet effroi, etc.

(Albert est retombé rêveur dans un fauteuil. La comtesse est assise près de lui. Les serviteurs ont rempli leurs verres. Daniel s'avance avec eux.)

DANIEL, après avoir salué la comtesse, se versant à boire.

COUPLETS.

Vieux vin
Du Rhin,
Remplis mon verre.
Rien ne te vaut, nectar divin.
Ton feu pénètre, il régénère :
Coule à pleins bords, vieux vin du Rhin.

A nous tes transports, tes ardentes fièvres!
Tu rends l'âme forte et le cœur joyeux.
Tu mets en passant le sourire aux lèvres,
Et tu fais jaillir l'éclair de nos yeux.
Fi des vins d'Espagne et de l'Italie!
Vins des langoureux, vous nous laissez froids.
Le nôtre fait naître ardeur et folie :
C'est le roi des vins, c'est le vin des rois!

REPRISE DU CHŒUR.

Vieux vin, etc.

ALBERT, se levant brusquement et saisissant une coupe.

J'aime ton flot d'or, ta bouillante sève.
Dans l'âpre caillou tu puises tes feux.
Tu nous fais rêver la lutte et le glaive,
Tu nous fais chanter des airs belliqueux.
Ton éclat vermeil est un doux mirage,
Qui rend l'espérance au cœur affaibli,

Et quand sur nos fronts a passé l'orage,
Doux philtre, c'est toi qui donnes l'oubli.

REPRISE DU CHŒUR.

Vieux vin, etc.

ALBERT, avec désespoir.

Ah! ma douleur est la plus forte :
Contre elle, hélas! je lutte en vain !
Du fol amour qui me transporte
Mon cœur, hélas! est toujours plein!

(Après l'introduction et sur la ritournelle, Albert, qui était tombé dans les bras de sa mère, la quitte lentement et sort. Les serviteurs s'éloignent silencieusement.)

SCÈNE II.

LA COMTESSE, puis MAGNUS.

LA COMTESSE.

Allons! il me quitte encore une fois! Il s'éloigne, afin d'échapper à mes questions!... si bien, que me voilà placée entre un fils qui parle à peine, et un mari qui ne parle pas du tout!... Ah! c'en est trop, à la fin!... (Elle va vivement à la table et frappe un coup violent sur un timbre qui s'y trouve. Des domestiques accourent effarés.) A-t-on dit au comte Magnus que je l'attends?...

TOUS, LES DOMESTIQUES.

Oui.

LA COMTESSE.

Qu'a-t-il répondu?...

TOUS LES DOMESTIQUES.

Rien.

LA COMTESSE.

Assez!... Il n'est pas nécessaire de parler tous à la fois. Viendra-t-il?...

UN DOMESTIQUE, passant avec effroi derrière la table.

Le voici!... Il aiguise son poignard, comme toujours !

LA COMTESSE.

Sortez!... (Tous se sauvent; Magnus entre.) Ah! ce silence est bien étrange, et cette manie de repasser bien inexplicable. Je vous ai fait appeler, comte Magnus, et voici pourquoi ! Votre fils est malade : or, dans mon anxiété maternelle, j'ai fait vœu que, si l'on parvenait à le guérir, vous iriez chaque matin, vêtu d'un simple sac de toile, pieds nus, pendant un an, vous prosterner au seuil de quelque antique abbaye, pour y recevoir à jeun et régulièrement une correction proportionnée à l'énormité de nos fautes. Ce vœu, que j'étais bien aise de porter à votre connaissance, vous l'accomplirez avec amour, avec bonheur... Pas un mot, pas un souffle ! Rien que ce coup d'œil ironique et fauve qu'il me lance depuis quinze ans! sans que j'aie pu de-

viner pourquoi!... Ah!... c'est à métamorphoser en panthère
la femme la plus résignée!... Il faut enfin que nous nous
expliquions, comte Magnus... Il faut que je sache comment,
pourquoi, sous quel prétexte vous affectez envers votre fils une
indifférence barbare, et envers votre femme une réserve... qui
approche singulièrement de l'aversion la plus prononcée. Depuis quinze ans, je n'ai pu tirer de vous que des mots sans
suite ou des ricanements amers.

MAGNUS, avec une ironie sanglante.

Ah!... ah! ah! ah!

LA COMTESSE.

Comme celui-ci, précisément. Pensez-vous que cela suffise
aux entretiens du foyer domestique et au bonheur d'une
épouse? Était-ce là ce que vous m'aviez promis, quand, jeunes
tous deux... beaux tous deux... je vous trouvais beau... nous
échangions, au pied des autels, les plus tendres promesses?...
Ces promesses, où sont-elles? Dites. Les avez-vous tenues?
Dites.

MAGNUS, rengainant son poignard qu'il n'a cessé d'aiguiser depuis son entrée
et saisissant la comtesse par le bras.

Mais, vous-même, Madame... êtes-vous bien sûre d'avoir été
fidèle aux vôtres?...

LA COMTESSE.

Parfaitement sûre. D'où vient que vous le demandez?

MAGNUS, avec un rire amer.

Ah!... ah! ah! ah!

LA COMTESSE, à part.

Encore ce ricanement?

MAGNUS.

Vous avez un fils, Madame. Eh bien! regardez-le, regardez-
moi : regardez-nous. Oseriez-vous affirmer, sous la foi du ser-
ment, qu'il me ressemble... de profil?

LA COMTESSE.

Mais il ressemble à sa mère.

MAGNUS.

Madame, ce n'est là que la moitié la moins intéressante de la
question; mais l'autre?

LA COMTESSE.

L'autre? Il me soupçonne!

MAGNUS.

Ah!... ah! ah! ah !

LA COMTESSE.

C'est là le secret qu'il m'a caché!... voilà la cause de cette
humeur taciturne et farouche qui l'a fait renoncer au soin de
ses domaines, aux combats, à la gloire, pour s'ensevelir dans
la solitude!

MAGNUS.

Madame...

LA COMTESSE.

Pour se livrer en silence à de stériles occupations !

MAGNUS.

Madame, si vous connaissiez le but...

LA COMTESSE.

A de honteux travaux, réservés à la plus vile roture !

MAGNUS.

Lorsque vous saurez à quel usage...

LA COMTESSE.

Ah! fi!... Il me semble, quand je vous regarde, que j'ai épousé un serf.

MAGNUS.

Un ser... Madame, ce mot seul est un aveu !

LA COMTESSE.

Quoi?

MAGNUS.

N'ajoutez rien. Il me suffit.

LA COMTESSE.

Mais alors, tuez-moi.

MAGNUS.

Quand l'arme que j'aiguise depuis quinze ans sera assez af-
filée pour venger convenablement mon honneur, j'ose vous
promettre que vous n'attendrez pas longtemps.

SCÉNE III.

Les mêmes, DANIEL, GISETTE, PHARAMOND, entrant
respectueusement et en cérémonie.

TRIO.

DANIEL , GISETTE, PHARAMOND.

Humbles vassaux, nés dans votre domaine,
Nous venons, ce devoir est doux,
Vous supplier, très-noble châtelaine,
D'accueillir deux futurs époux.

(La comtesse et Magnus bondissent à cette proposition.)

DANIEL, s'adressant à Magnus.

Afin d'être un époux modèle,
Afin de passer d'heureux jours,
Et pour que ma femme toujours
Comme la vôtre soit fidèle,
Pour être heureux autant que vous,
Ah! Monseigneur, bénissez-nous !

GISETTE, s'adressant à la comtesse.

Pour aider nos cœurs à s'entendre,
Pour nous voir couler d'heureux jours,
Pour que mon mari soit toujours
Comme le vôtre aimable et tendre,

Pour être heureux autant que vous,
Tous deux ici bénissez-nous.

LA COMTESSE, furieuse.

Vous marier!.. jamais!

MAGNUS, tirant son poignard.

Vous marier!... Ah! ah! ah! (Il marche sur eux et sort droit devant lui, en aiguisant son arme. La comtesse se jette dans un fauteuil.)

SCÈNE IV.

LA COMTESSE, GISETTE, DANIEL, PHARAMOND.

GISETTE.

Nous voilà bien à présent!

DANIEL.

J'en suis pour mon amour!

GISETTE.

Et moi, pour un mari.

PHARAMOND.

Et moi, pour les frais de la noce, comme la première fois!..
Ah! c'est encore un beau jour!

GISETTE, à Daniel, avec des larmes aux yeux.

Vous qui ne m'avez guère courtisée, après l'accident arrivé
à Ghislain, que dans l'espoir de vous faufiler dans les bonnes
grâces de ma marraine, et de souffler, par ce moyen, sa place
au vieux majordome!

DANIEL, bas.

Taisez-vous donc!

GISETTE.

J'espère bien qu'on ne vous la donnera pas, si vous ne m'é-
pousez plus.

DANIEL, bas.

Mais taisez-vous donc!

GISETTE.

N'est-ce pas, ma marraine, que ça ne serait pas juste, et
que?...

LA COMTESSE.

Quoi?.. qu'est-ce?.. que demandes-tu?.. que veux-tu?.. un
mari? Tu en as eu un déjà.

GISETTE.

Oh! si celui-là peut compter!

LA COMTESSE, lui prenant le bras avec force.

Et dès le lendemain, tu ne t'es pas repentie de l'avoir pris?

GISETTE.

Mais, ma marraine, il s'était desséché la veille.

LA COMTESSE.

Te marier! mais sais-tu bien ce que tu souhaites? quelle

responsabilité terrible pèse sur l'épouse même la plus fidèle?..
Peux-tu répondre... (L'attirant à part.) Peux-tu répondre que tes
enfants auront le profil de leur père?..

GISETTE, naïvement et avec larmes.

Dame! ma marraine, j'y tâcherai.

LA COMTESSE.

Et... s'ils ne l'ont pas! sais-tu à quelle fin cruelle il faudra
t'attendre, peut-être?.. Va-t'en, ne m'en parle plus; laisse-moi
tranquille. D'où vient ce bruit de cloche?

GISETTE.

La! quand je demandais qu'elle ne sonnât pas! quand je di-
sais que ça nous porterait malheur! Il ne manquerait plus, à
présent, qu'elle eût été entendue de quelque malin génie,
comme c'est arrivé l'autre fois, et que vous alliez vous détério-
rer comme mon premier!

PHARAMOND.

Qu'est-ce que ça te fait, puisque tu ne l'épouses plus.

GISETTE.

Mais je ne veux pas qu'il se fane, avant d'en être bien sûre.

DANIEL, à lui-même.

C'est étonnant, comme elle m'aime pour moi!

SCÈNE V.

LES MÊMES, UN SERVITEUR, accourant.

LE SERVITEUR.

Madame, un équipage étrange... attelé d'animaux non moins
étranges, et chargé de valets des plus singuliers, vient de franchir comme un trait le pont-levis et de s'arrêter dans la première cour du château. L'étranger auquel il appartient demande à voir madame la comtesse.

LA COMTESSE.

Quel est-il?

LE SERVITEUR.

Je l'ignore, mais il se dit médecin, et se fait fort de rendre
à notre jeune maître la joie et la santé.

LA COMTESSE.

Ah! qu'il vienne! qu'il vienne! (A Daniel.) Prévenez mon fils.

DANIEL.

J'y cours.

GISETTE.

Suivez-le, mon père. Prenez toujours garde à lui... à tout
hasard...

PHARAMOND.

Mais puisque tu ne l'épouses plus! (Il sort avec Daniel.)

SCÈNE VI.

LA COMTESSE, GISETTE, CHIRURGIENS, APOTHICAIRES, MASSIERS, VALETS, **puis CARABOSSE,** en costume persan, ainsi que sa suite.

(Tout le cortége des chirurgiens, apothicaires, etc., portant chacun un attribut de sa profession. — Tous sont vêtus à la persane, et ont une bosse sur l'épaule.)

CHŒUR.

Gloire au maître divin que l'univers encense !
De tout il sait la quintessence.
C'est l'aigle du savoir, c'est l'astre flamboyant,
C'est le soleil de l'Orient !

Êtes-vous paralytique,
Êtes-vous apoplectique,
Asthmatique ou lunatique?
Oh! oh!
Bravo!
Êtes-vous fiévreux, patraque,
Amoureux ou maniaque,
Goutteux, hypocondriaque?
Oh! oh!
Bravo!
De sa bienfaisante poudre
(Aussi vive que la foudre)
Prenez seulement un grain...
Vous ne souffrirez plus demain!

(Pendant ce chœur, Carabosse, en riche costume de docteur persan, est descendue de son carrosse, précédée de six petits massiers portant sa livrée et bossus comme elle.)

CARABOSSE.

Des médecins je suis le prince,
Et mon pouvoir est merveilleux.
Quand je traverse une province,
Les habitants se portent mieux.
On voit rire les gens moroses;
La douleur se change en plaisir;
Je rends tous les visages roses,
Demandez, faites vous guérir.

REPRISE DU CHŒUR.

Gloire au maître divin que l'univers encense !
De tout il sait la quintessence.
C'est l'aigle du savoir, c'est l'astre flamboyant,
C'est le soleil de l'Orient !

(Sur un geste de Carabosse, sa suite s'éloigne et sort.)

SCÈNE VII.

LA COMTESSE, CARABOSSE, GISETTE, puis DANIEL et PHARAMOND.

GISETTE, à part, en regardant s'éloigner le cortége.

Tous bossus!... depuis le médecin jusqu'à l'apothicaire!...
Voilà une faculté qui doit être gaie!

CARABOSSE.

C'est devant la noble et puissante comtesse Rosalinde que je
m'incline en ce moment, sans doute?

LA COMTESSE.

Devant elle, seigneur médecin, car, malgré votre jeunesse,
ce titre paraît être le vôtre. Oh! parlez! si j'en juge par les
louanges que nous venons d'entendre, rien n'est caché pour
votre savoir, rien n'échappe à votre puissance. Quel génie bien-
faisant vous a conduit vers nous?...

CARABOSSE.

Le hasard, noble dame. Je traversais ce pays pour me rendre
à la cour du duc de Lithuanie où je suis attendu, lorsqu'au dé-
tour de la vallée, un son lointain de cloche est venu doucement
tinter à mon oreille.

GISETTE, avec inquiétude.

Un son de cloche!

CARABOSSE.

Ce bruit a la singulière propriété de fixer tout de suite mon
attention. Il me plaît, il m'attire...

GISETTE, à part.

Voilà la peur qui me prend!...

CARABOSSE.

J'ai fait arrêter mon carrosse, j'ai écouté, je me suis élancé
du côté où il se faisait entendre, et je n'ai pas tardé à m'aper-
cevoir qu'il partait de la chapelle du château.

GISETTE, à part.

Ah! mon Dieu!... (Bas, à la comtesse.) A votre place, ma marraine, je n'aurais aucune confiance dans ce médecin-là.

LA COMTESSE.

Cette cloche joyeuse, si peu d'accord, seigneur, avec la tris-
tesse qui règne ici, annonçait un mariage.

CARABOSSE.

Tant mieux!

GISETTE, vivement.

Mais il est rompu.

CARABOSSE.

Tant pis! j'aime que l'on se marie. La présence d'une noce
est toujours d'un bon augure pour le succès de ce que j'entre-
prends.

LA COMTESSE.

En vérité ?... Ah! si j'avais prévu...

CARABOSSE.

J'ai même remarqué que je ne réussissais jamais aussi bien que dans ces occasions-là.

LA COMTESSE.

Et moi qui ne voulais pas entendre parler d'hymen!... (A Gisette.) Tu vas te marier, ma petite...

GISETTE.

Moi ?

LA COMTESSE.

Demain... ce soir... tout de suite.

CARABOSSE, à part.

A la bonne heure!

GISETTE.

Mais...

LA COMTESSE.

Point de mais.

GISETTE.

Cependant, si...

LA COMTESSE.

Point de si. J'y consens, je t'approuve, je te bénis. Mariez-vous bien vite, et tàchez d'être heureux, si vous pouvez.

GISETTE.

Me voilà encore une fois à la veille d'être veuve!

DANIEL, rentrant avec Pharamond.

J'ai prévenu monseigneur Albert.

CARABOSSE.

Qu'on me laisse avec lui.

GISETTE, bas et vivement à Daniel en se mettant devant lui.

Ne me quittez pas; ne parlez pas; ne vous montrez pas!

DANIEL, de même.

Pourquoi?

GISETTE.

Parce qu'il va vous arriver quelque chose, bien sûr, vu qu'il est de nouveau question de nous marier.

DANIEL.

Depuis quand?

GISETTE, prête à pleurer.

Depuis tout à l'heure.

PHARAMOND.

Voilà que ça te fait pleurer à présent? Ah! ça va redevenir un beau jour!

DANIEL, haut et avec joie.

Nous marier, dites-vous? On y consent?

CARABOSSE, qui reconduit la comtesse.

C'est le marié!

DANIEL, s'échappant d'auprès de Gisette.

Madame la comtesse voudra bien se souvenir alors...

GISETTE, le tirant par son habit.

Ne vous montrez donc pas !...

DANIEL.

Que le vieux majordome est aujourd'hui incapable de remplir son office, et j'espérais, en me mariant...

LA COMTESSE.

Quoi? qu'est-ce que tu demandes?

DANIEL.

J'espérais l'obtenir pour moi.

CARABOSSE.

Oh! vraiment?... (A part.) Ça me servira!

LA COMTESSE.

En vérité, je vous admire. Il semble que j'aie le temps de m'occuper de vos affaires.

GISETTE.

Mais non, ma marraine; c'est ce que je lui dis.

LA COMTESSE.

Sortez.

GISETTE.

Oui, ma marraine, bien volontiers. (A Pharamond, en prenant Daniel par le bras.) Vous êtes sûr qu'il n'a encore rien de changé, mon père?

PHARAMOND, prenant Daniel de l'autre côté.

Je ne crois pas; je ne l'ai pas lâché une minute.

DANIEL, en sortant avec eux.

Mais vous n'allez pas vous cramponner toujours de la sorte après moi? C'est insupportable!

LA COMTESSE, à Carabosse en sortant.

Le sort de mon fils est en vos mains, seigneur. Ayez pitié de sa mère!

SCÈNE VIII.

CARABOSSE, ALBERT.

CARABOSSE, à elle-même avec émotion.

C'est lui!.. Oh! quel ravage le mal a fait sur ses traits!.. Pauvre Albert!

ALBERT.

Ma mère m'a fait appeler? Je la croyais ici.

CARABOSSE, après l'avoir salué.

J'ai prié madame la comtesse de nous laisser seuls.

ALBERT, froidement.

Pourquoi? qui êtes-vous? que me voulez-vous?

CARABOSSE.

Ne vous l'a-t-on pas dit, Monseigneur? Je suis un étranger qui voyage; un curieux qui prend à tâche d'étudier ce que les autres avant lui n'ont pu comprendre; un téméraire qui vient tenter de triompher d'un mal que personne, jusqu'ici, n'a pu guérir, faute probablement d'en connaître la cause.

ALBERT.

Et pourquoi la connaîtriez-vous plus que ceux qui vous ont précédé?

CARABOSSE.

Monseigneur, il n'y a pas de médecin qui ne se croie supérieur à ses confrères. J'en dirai autant des lettrés, des peintres, des musiciens, des hommes de loi, du bourgeois, du marchand, du soldat, de l'artisan. Chacun a de soi l'opinion la plus avantageuse, et, comme je craindrais de me singulariser en pensant moins bien de moi-même que chacun ne pense de soi, je crois fermement qu'il n'y a pas un homme au monde qui m'égale en talent et me surpasse en modestie.

ALBERT, à lui-même sans lui répondre.

Un bouffon!.. un enfant!.. (Il va s'asseoir. Carabosse, après l'avoir regardé un instant et voyant qu'il ne lui fait pas signe d'en faire autant, s'avance, et s'asseoit près de lui.)

CARABOSSE.

Dans le dédale de la science, on ne se trompe presque jamais de route, que faute d'avoir bien démêlé au départ le fil qui doit nous conduire. C'est où j'excelle, comme vous allez voir. Peut-être vous a-t-on dit que votre abattement provient d'une maladie de l'âme qui se nomme tantôt ennui, tantôt découragement, tantôt déception... Mais pourquoi triste? pourquoi découragé? en quoi déçu? A votre âge, on rêve de gloire. A votre âge on rêve aussi d'amour.

ALBERT, avec trouble et impatience.

A quoi bon ces raisonnements?

CARABOSSE.

A trouver le fil, et celui-ci mène peut-être au cœur même du labyrinthe, à l'explication de cette douleur profonde qui vous irrite contre vous-même et vous fait quelquefois maudire l'objet de votre amour et désespérer de l'avenir. Pourquoi désespérer? pourquoi maudire celle qu'on aime?.. Moi, j'ai toujours pensé qu'une femme, fût-elle fée ou déesse, ne pouvait voir, sans en être touchée, l'amour d'un homme qui ne sent, ne respire, n'existe que pour elle. Pourquoi ne pas croire que les regards de celle que vous aimez vous suivaient de loin, à votre insu, avec compassion... avec intérêt... avec bonheur?..

ALBERT.

Me suivaient!.. Où donc?..

CARABOSSE.

Dans la montagne où vous la cherchiez.

ALBERT.

Que dit-il?

CARABOSSE.

Pourquoi ne pas croire, qu'inquiète de votre absence, elle a pu se glisser ici même, dans ce château... auprès de vous.

ALBERT, avec explosion.

Non, je la verrais!

CARABOSSE.

Et si... soit nécessité... soit coquetterie, elle ne voulait se présenter à vos yeux que... délivrée... de certains obstacles qui lui pèsent depuis longtemps... et dont elle voudrait bien se débarrasser en faveur de quelqu'un. Si elle était venue ici précisément dans l'espoir de trouver à les aplanir... si elle y parvenait aujourd'hui... si elle vous attendait là... dès ce soir?..

ALBERT.

Mais vous la connaissez donc?

CARABOSSE.

Elle m'envoie.

ALBERT.

Où est-elle?

CARABOSSE.

Ici.

ALBERT.

Non!.. vous me trompez!.. si je ne puis la voir, je l'entendrais du moins. Oh! que je l'entende!.. qu'elle me redise ce chant qui m'enivrait autrefois dans la montagne.

CARABOSSE.

Chut!.. (Avec tendresse en le regardant.) Imprudent! imprudent!

DUO.

CARABOSSE.
Tout bas alors, sans que l'écho s'éveille,
Tout bas, bien bas,
Sa voix qui tremble, hélas !
Va murmurer craintive à votre oreille
Comme autrefois
Au fond des bois.

ALBERT.
Doux souvenir d'un temps plein d'espérance
Où j'étais heureux !
Où j'écoutais, attentif, en silence,
La cherchant des yeux !
Ah! que tout bas, sans que l'écho s'éveille,
Tout bas, bien bas,
Sa voix que j'aime, hélas !
Murmure encor craintive à mon oreille
Comme autrefois
Au fond des bois.

CARABOSSE.
Vous allez l'entendre,
Grâce à mon pouvoir ;
Mais il faut renoncer à voir,
Et sur vos yeux un bandeau doit s'étendre.

ALBERT.
Mon seul vœu, c'est de l'entendre ;
Si ce bonheur dépend de vous,
Je l'implore à genoux.

ENSEMBLE.

ALBERT.

Oh! que tout bas, sans que l'écho s'éveille,
Tout bas, bien bas,
Sa voix que j'aime, hélas!
Murmure encor craintive à mon oreille
Comme autrefois
Au fond des bois.

CARABOSSE.

Tout bas alors, sans que l'écho s'éveille,
Tout bas, bien bas,
Sa voix qui tremble, hélas!
Va murmurer craintive à votre oreille
Comme autrefois
Au fond des bois.

(Albert plie un genou. Carabosse détache sa ceinture avec laquelle elle lui
bande les yeux. Elle s'éloigne de quelques pas, regardant autour d'elle
si personne ne vient, puis le contemplant avec tendresse et s'adressant à
lui.)

CARABOSSE.

Ton cœur me désire,
J'accours près de toi.
Ton amour m'attire,
Sois heureux, c'est moi!
Calme ta souffrance,
Crois à de beaux jours :
Garde l'espérance,
Aime-moi toujours.

ALBERT.

Ah! c'est elle!.. Ces accents...
C'est elle!... elle que j'entends!

(Il arrache le bandeau qui couvrait ses yeux, et s'élance comme s'il allait
la voir).

Elle était là!.. renais, mon cœur!
Sa voix si chère
M'a dit : Espère!
Elle était là!.. renais, mon cœur!
Crois à l'amour, crois au bonheur!

CARABOSSE.

Ah! je sens là pareille ardeur.
Bientôt, j'espère,
Plus de mystère.
Ah! je sens là qu'enfin mon cœur
Croit à l'amour, croit au bonheur!

SCÈNE IX.

LES MÊMES, LA COMTESSE, puis DANIEL.

ALBERT, avec transport, à la comtesse qui entre.

Ah ! ma mère ! ma mère ! je ne souffre plus.

LA COMTESSE.

Qu'entends-je ! par quel enchantement ?...

ALBERT.

Je ne souffre plus, vous dis-je. Mon cheval ! mes limiers ! mes oiseaux de chasse ! (Appelant.) Daniel ! Daniel !

CARABOSSE, à part, en voyant Daniel.

Le marié !... C'est lui que j'attends. A nous deux !

LA COMTESSE, à Carabosse, avec entraînement.

Ah ! seigneur, tout ce que je possède vous appartient ; prenez-le. (Prenant Albert dans ses bras.) Vous m'avez rendu mon fils !... (A part.) C'est vrai qu'il n'a pas du tout le profil de son père.

CARABOSSE.

Gardez vos richesses, noble dame. L'or n'est jamais le prix que je sollicite de mes services, et je tiens plus, en général, à satisfaire un désir, une fantaisie qui m'aura traversé l'esprit, qu'à m'enrichir de tous les trésors du monde... Et, tenez, par exemple, ici... tantôt... quelqu'un... je ne sais plus qui... vous a parlé d'une place de majordome qu'il sollicitait... pour lui ?...

DANIEL, avec empressement.

Monseigneur est bien bon de se rappeler....

CARABOSSE.

Eh bien ! ça m'a fait naître tout de suite l'envie de vous la demander pour moi.

DANIEL.

Hein ?

CARABOSSE, à part.

Il est pris !

LA COMTESSE.

Pour vous ?

CARABOSSE.

Pour en disposer à mon gré, suivant mon caprice. Et, si madame la comtesse daigne m'accorder ma demande...

LA COMTESSE.

Mais tous mes droits sont les vôtres ; disposez de tout : ordonnez.

CARABOSSE, s'inclinant.

Merci. (A part.) Je crois que je trouverai à placer ma bosse.

ALBERT, bas à Carabosse en lui serrant la main.

Je la verrai ?

CARABOSSE.

Ici, dès ce soir... si elle réussit.

ALBERT, sortant avec la comtesse.

Ah! ma mère! je n'ai jamais été si heureux! (Daniel vient vive ment en scène et marche droit à Carabosse.)

SCÈNE X.

DANIEL, CARABOSSE.

DANIEL, avec une rage concentrée.

Je sais qui vous êtes.

CARABOSSE, tranquillement.

Plaît-il?

DANIEL.

Oh! n'essayez pas de me donner le change : je vous ai devinée à votre malice... je vous reconnais au tour que vous venez de me jouer. Vous êtes ce méchant lutin, cette fée diabolique, que j'ai déjà rencontrée une fois, à qui tous déguisements sont bons pour arriver à son but, que tout amoureux redoute, que toute fiancée maudit, qui bat nuit et jour l'estrade, guettant, furetant, flairant noces et fiançailles! Mon mariage vous a attirée, comme tant d'autres vous avaient attirée avant lui. Vous m'avez vu ambitionner une place... et vous vous en êtes emparée bien vite, afin de me mettre dans la nécessité de perdre pour toujours le fruit de mes peines, ou d'en passer par vos conditions.

CARABOSSE.

C'est à peu près ça.

DANIEL.

Mais je les connais, vos conditions : vous ne vous êtes défait encore que de la moitié de ce qui vous gênait, et vous ne seriez pas fâchée de traiter avec moi pour le reste? Vous me rendrez ma place, à la charge de prendre votre...

CARABOSSE.

Puisque tu es si bien instruit, nous n'avons plus qu'à nous entendre.

DANIEL.

Son sang-froid me ferait bondir.

DUO.

CARABOSSE.

C'est un marché, c'est une affaire;
Tu la connais : donnant... prenant.

DANIEL.

Oh! je sais bien, la chose est claire :
Je reçois double en acceptant.

CARABOSSE.

Quel plaisir d'être majordome!
Commander en maître est bien doux!
Chacun vous traite en gentilhomme,
Chacun s'incline devant vous.

DANIEL.

Oui, par devant, le majordome,
De respects serait entouré;
Mais par derrière, le pauvre homme
Au doigt partout serait montré.

CARABOSSE.

Mais des deux mains tu pourras prendre!
Réfléchis encor.
Toujours prendre, et ne pas rendre!
C'est un marché d'or!

DANIEL.

Je vous fais bien la révérence.
Prendre en échange un pareil lot
Serait par trop
De complaisance.
Je vous fais bien la révérence.

CARABOSSE.

Ainsi, rien de fait?

DANIEL.

Je refuse net.

CARABOSSE.

Alors un autre aura la place,
Et, devant lui, tu plieras le genou.

DANIEL.

Avec une telle menace,
Vous voulez donc me rendre fou!
Prenez pitié d'un honnête homme,
Contentez mon ambition;
Faites-moi majordome
Sans bosse, ni condition.

CARABOSSE.

Je te fais bien la révérence.
Donner pour rien un pareil lot
Serait par trop
De complaisance.
Je te fais bien la révérence.

DANIEL, va jusqu'au fond pour sortir; puis, après avoir hésité un instant, il
revient tout à coup.

Voyons, terminons bien vite.
Le diable me tente, et le poste aussi.
Mais, pour me décider, jarni!
Outre la place maudite,
Il me faut encor
De bons écus d'or!

CARABOSSE.

Combien?

DANIEL.

Deux cents... non, quatre cents.
Non pas! huit cents!

CARABOSSE.

Je te les donne.

DANIEL.

Et si, par hasard, je friponne,
Je prétends n'avoir jamais
Ni chicane, ni procès,
Jamais de prison,
Jamais de bâton!

ENSEMBLE.

DANIEL.

Fortune si dure,
Pour t'avoir à soi
On peut bien, ma foi,
Gâter sa tournure.

CARABOSSE.

Fortune si dure,
Tu reviens à moi,
Et je peux de toi
Enfin être sûre.

DANIEL.

Tope!

CARABOSSE.

Tope!

TOUS DEUX.

Marché conclu.
Point de défaite,
L'affaire est bien faite?

CARABOSSE.

Tope!

DANIEL.

Tope!

TOUS DEUX.

Marché conclu.
L'affaire est faite;
Me
Te voilà bossu!

(Au même instant, la bosse de Carabosse s'efface, et il en pousse une à Daniel. Carabosse se sauve en riant, et disparaît un instant dans la coulisse.)

SCÈNE XI.

GISETTE, entrant par le fond, DANIEL.

GISETTE, poussant un cri à l'aspect de Daniel.

Ah!

DANIEL, se retournant.

Quoi?

GISETTE.

Je ne l'ai quitté qu'un moment, le voilà abîmé.

DANIEL, à part.

Il paraît que ça se voit...

GISETTE.

Qu'est-ce que vous avez là ?

DANIEL.

Ne faites pas attention.

GISETTE.

Qu'est-ce qui vous a poussé là ?

DANIEL.

Ne faites pas attention : c'est mon brevet de majordome.

GISETTE.

Mais expliquez-moi...

DANIEL, *sortant à reculons.*

C'est inutile.

GISETTE.

Mais je veux savoir...

DANIEL.

Ne me regardez pas de dos.

GISETTE.

Mais il marche à reculons, à présent !

DANIEL.

Je vous dirai pourquoi, quand nous serons mariés. (Il disparait.)

GISETTE.

Mariée ! avec vous ? plus souvent ! Et de deux !... ah ! par exemple ! si je pouvais mettre la main sur qui me fait ces tours-là ! (Une musique aérienne se fait entendre. Gisette s'arrête subitement ; puis elle va se blottir dans un coin, de façon à n'être point vue. En ce moment la salle du château se change en un palais resplendissant d'or. Tout le fond se perd dans de légères vapeurs frappées d'une vive lumière, et au travers desquelles on distingue des groupes de génies. Carabosse entre doucement, attirée par cette mélodie et par le chœur aérien qu'elle accompagne.)

FINALE.

LE CHŒUR INVISIBLE.

Messagères de l'espérance
Nous accourons sécher tes pleurs.
A toi le pardon, la clémence,
Le ciel met fin à tes douleurs.
Reprends ta jeunesse immortelle,
Et ta baguette et tes accents
    Doux et touchants.
Reviens et plus fraiche et plus belle
Avec tes sœurs revoir encor
    Nos palais d'or.

REPRISE.

Messagères, etc.

(Pendant ce chœur, les groupes de génies sont descendus, et l'un d'eux vient déposer devant Carabosse la baguette divine. Carabosse parait dans son costume de fée, puis les groupes s'éloignent.)

CARABOSSE, saisissant sa baguette.

Ah ! fuyez, larmes et peines !
Je suis jeune, j'ai ma voix,
Et je puis, comme autrefois,
Soudain commander en reine.
Que j'ordonne, à l'instant mon amant va venir...
Non, c'est à l'amour seul qu'Albert doit obéir.

(Elle dépose sa baguette parmi les fleurs sur lesquelles elle a été apportée.)

AIR :

Toi qui m'aimas dans ma détresse,
Mon Albert, je t'offre en ce jour
Et ma puissance et ma jeunesse,
En échange de ton amour.
    Quand tout m'abandonnait
    Dans ma douleur mortelle,
    Sa tendresse fidèle,
    Tout bas me consolait !
Toi qui m'aimas dans ma détresse,
Mon Albert, je t'offre en ce jour
Et ma puissance et ma jeunesse
En échange de ton amour.
    Bonheur où j'osais prétendre,
        Enfin, te voilà !
Il va me voir... il peut m'entendre.
Oui, mon cœur me dit qu'il est là !
    Viens, ma voix t'appelle,
    Plus vive et plus belle,
    Toi qu'elle enivra,
    Viens ! reconnais-la !

SCÈNE XII.

CARABOSSE, GISETTE, ALBERT.

(Dès que l'air est fini, Gisette se glisse du côté de la baguette et s'en empare furtivement. Albert entre, attiré par le chant de la fée.)

CARABOSSE, voyant sa baguette au pouvoir de Gisette.

Ah! ma baguette !

GISETTE, montrant Albert.

Elle est à moi! Tu m'as pris mes amoureux. Eh bien, je t'enlève celui que tu aimes.

CARABOSSE, éperdue.

Albert!... Ah!...

GISETTE.

Chacune son tour!... (Gisette, dans un char aérien, disparaît en emportant Albert. Carabosse tombe évanouie.)

ACTE TROISIÈME.

Jardin de l'aspect le plus féerique situé au centre d'un lac. Des montagnes boisées ferment au loin l'horizon. A droite, l'entrée d'un pavillon tout éblouissant d'or.

—

SCÈNE PREMIÈRE.

ALBERT, seul, suivant une allée et regardant autour de lui avec admiration.

RÉCIT.

Dans cet asile enchanté,
Sous ce beau ciel que j'admire
Et qui semble me sourire,
Quel pouvoir m'a transporté!

CAVATINE.

O ma bien-aimée!
Cette île embaumée
Est le frais séjour
Où tu tiens ta cour.
Ta bouche discrète
Reste en vain muette;
Le buisson, la fleur,
Tout parle à mon cœur.
Un Dieu, jaloux de mon ivresse,
Te cache encore à ma tendresse,
Objet si doux.
Amour, prends pitié de ma peine,
Montre-moi le sentier qui mène
A ses genoux!
O ma bien-aimée! etc.

(Il disparaît sous les grands arbres du côté du pavillon.)

—

SCÈNE II.

PHARAMOND, élégamment vêtu, QUELQUES PAGES et SERVITEURS en riche livrée. Il est très-affairé.

PHARAMOND, mystérieusement.

Le voilà qui se dirige vers ce pavillon : c'est bien. Maintenant, que tout le monde s'éloigne... Personne ne doit chercher à connaître quels sont les projets ultérieurs de ma noble fille. C'est un secret entre elle et son noble père. Que chacun seulement redouble de vigilance. Nul ne doit pénétrer dans cette île mystérieuse, dans ce séjour enchanteur de l'invention de ma noble fille, et nul n'en doit sortir, excepté moi... à qui elle fait faire ses courses... c'est un privilège qu'elle m'a accordé tout de suite... en arrivant ici... Allez!... non, restez... C'est l'heure de la promenade de ma noble fille, et elle a peut-être quelque ordre à vous donner : rien n'est imposant comme de lui entendre donner des ordres, à ma noble fille.

SCÈNE III.

LES MÊMES, GISETTE, en costume éblouissant de grande dame.

GISETTE.

ARIETTE.

Inclinez-vous,
C'est moi qui passe!
Faites-moi place!
Obéissez tous !
Je suis duchesse,
Je suis princesse,
Manants, à genoux!
Faites-moi place!
C'est moi qui passe !

On nous fait accroire
Que ces grands airs-là
C'est la mer à boire...
Chansons que cela!..
Voyez mon aisance!
On dirait, oui-da,
Que dès mon enfance
Je n'ai fait que ça.

Inclinez-vous, etc.

PHARAMOND, aux serviteurs, après avoir consulté sa fille.

Ma noble fille n'a rien à vous dire... Sortez... (Les serviteurs s'inclinent et sortent.)

SCÈNE IV.

PHARAMOND, GISETTE.

GISETTE, sautant en frappant dans ses mains.

Hein?... comme ça va!...

PHARAMOND.

Ne saute pas si fort : tu vas abimer tes atours.

GISETTE.

Vous revenez du château?

PHARAMOND.

J'ai exécuté tes ordres; et comme tu avais oublié de me donner un cheval, j'ai enfourché un dragon... C'est un animal qui a le trot dur.

GISETTE.

Eh bien ?...

PHARAMOND.

Eh bien!... ça m'a gêné.

GISETTE.

Qu'a dit ma marraine? elle devait se désespérer du départ de son fils?

PHARAMOND.

Oui, mais elle a été bien vite consolée quand je lui ai dit qu'il était auprès d'une très-grande dame, très-riche, très-belle, très-noble... J'ai même invité tout le château pour le mariage.

GISETTE.

Vous vous êtes peut-être un peu pressé... mais avec ma baguette...

PHARAMOND.

Avec ta baguette, ça ira tout seul.

GISETTE.

Et notre village?...

PHARAMOND.

Je l'ai invité aussi... Ah! là, par exemple, tu as réussi... On peut dire que, campagne et village, c'est devenu un bijou. Il y a de l'or sur les toits, il y a de l'or sur les murs, il y en a sur les arbres, il y en a sur les prés. On dirait qu'on se promène dans un lingot. Je puis dire que je n'ai pas rencontré dans toute la vallée un seul individu mécontent de son sort : si ce n'est une petite maussade que j'ai trouvée assise sur le bord d'un fossé, et qui, ne sachant où était situé l'endroit qu'elle cherchait, pleurait à chaudes larmes de ne pouvoir y être transportée tout de suite. Il y a des gens qui ont de drôles d'idées!... ne pas connaître un endroit et vouloir y être!...

GISETTE, gentiment en levant sa baguette.

Qu'elle aussi ait ce qu'elle désire.

CARABOSSE, se montrant tout à coup derrière un arbre.

Merci... (Elle se sauve rapidement.)

GISETTE, croyant répondre à son père.

Il n'y a pas de quoi.

PHARAMOND.

Je n'ai rien dit.

GISETTE.

Mais si je me marie, il me faut deux témoins.

PHARAMOND.

J'y ai pensé... je pense à tout... j'ai même fait une malice.

GISETTE.

Vous?.. pas possible!

PHARAMOND.

Je te dis que si!... Regarde dans cette allée à gauche.

GISETTE.

Daniel!

PHARAMOND.

Et au bout de celle-ci, à droite.

GISETTE.

Ghislain!... mes deux premiers!

PHARAMOND.

En face du troisième! ça sera d'un bon effet. L'un ne t'épousait que pour ta dot, l'autre que pour sa place; il est juste qu'ils aient sur les doigts, et le coup sera d'autant plus sec que chacun d'eux s'imagine être seul ici, et qu'il a chance de reconquérir ton noble cœur!... C'est moi qui leur ai fait accroire ça en les amenant l'un après l'autre.

GISETTE.

Savez-vous que vous devenez pétillant d'esprit, mon père!

PHARAMOND.

Ma noble fille, je ne cesse de me répéter ça avec admiration depuis ce matin. Il fallait sans doute une circonstance aussi extraordinaire que celle-ci pour que je parvinsse... remarques-tu comme je parle?... pour que je m'aperçusse, ou que je devinasse, ou que j'entrevisse...

GISETTE.

Les voici!... Je me sauve.

PHARAMOND.

Prends garde à ta queue!... (Il la prend et la porte.) J'avoue que je me fais un malin plaisir de leur rencontre et que ça m'amuse!... Tu devrais avoir des domestiques pour porter ça... Oh! mais... ça m'amuse!... Ah! c'est un beau jour!... (Il sort en courant avec Gisette.)

SCÈNE V.

DANIEL, entrant par la droite; GHISLAIN, par la gauche.

DANIEL, à lui-même.

Elle a pensé à moi!..

GHISLAIN, de même.

Elle a voulu me revoir!

DANIEL.

Sa foi m'est restée!

GHISLAIN.

Son cœur me revient!.. (Ils se rencontrent.)

DANIEL.

Hein?..

GHISLAIN.

Quoi?

DANIEL.

Ghislain!..

GHISLAIN.

Daniel!..

DUO.

DANIEL.

Lui!..

GHISLAIN.

Lui!..

TOUS DEUX, à part.

Je vois son espérance.

GHISLAIN.

Il prétend m'éconduire.

DANIEL.

Il veut me l'enlever.

GHISLAIN.

Prenons un air d'assurance.

DANIEL.

Affectons de le braver.

(Haut.)

Monseigneur à ce frais ombrage
Vient en secret confier son amour?

GHISLAIN.

Monseigneur, par son doux langage,
Prétend charmer quelqu'un dans ce séjour?

DANIEL.

La chose est par trop plaisante!

GHISLAIN.

L'histoire est fort amusante!

DANIEL.

Ah! ah!

GHISLAIN.

Hi! hi!

TOUS DEUX, à part.

Je voudrais qu'il fût englouti.

DANIEL.

Des cheveux blancs, un vieux squelette,
Pour séduire, c'est provoquant.

GHISLAIN.

Une bosse ronde et coquette,
Pour être aimé c'est très-piquant.

DANIEL.

Je connais un pauvre hère
Qui se fit prendre à l'hameçon,
Exactement comme un poisson
Se fait prendre à la rivière.
L'hameçon n'était pas tendu,
Que l'imbécile avait mordu.

GHISLAIN.

Je connais un habile homme,
A qui, malgré cette leçon,
On présenta pour hameçon,
Un brevet de majordome.

Le brevet n'était pas tendu,
Que l'imbécile avait mordu.

DANIEL.

Railler avec cette figure!

GHISLAIN.

Railler avec cette encolure!

DANIEL.

Ce front rabougri!

GHISLAIN.

Ce dos bien nourri!
Ah! ah!

DANIEL.

Hi! hi!

TOUS DEUX, à part.

Je voudrais qu'il fût englouti!

ENSEMBLE.

Ah! quel joli mari!
Comme il sera chéri!
Le joli petit!.. Le joli mari!

GHISLAIN, impérativement.

Allons! quitte la place!

DANIEL.

Allons! fais volte-face.

GHISLAIN.

Montre-toi sage et réservé.

DANIEL.

Cède-moi le haut du pavé.

GHISLAIN.

C'est donc bien vrai?..

DANIEL.

C'est donc réel?

TOUS DEUX.

Monsieur croit qu'on l'adore,
Et qu'on voudrait encore
Avec lui marcher à l'autel!

DANIEL.

La belle pécore!

GHISLAIN.

Le beau damoisel!

TOUS DEUX.

Mais ton espoir sera déçu.
Comment peut-il l'avoir conçu!

DANIEL.

Méchant vieillard!

GHISLAIN.

Vilain bossu!

DANIEL.

Ah! ah!

GHISLAIN.

Hi! hi!

TOUS DEUX, à part.

Je voudrais qu'il fût englouti.

ENSEMBLE.

Ah! quel joli mari!
Comme il sera chéri!
Le joli petit! Le joli mari!

GHISLAIN.

Sot!..

DANIEL.

Nigaud!..

GHISLAIN.

Niais!..

DANIEL.

Imbécile!.. (Ils sortent.)

TOUS DEUX, rentrant.

Butor!.. (Ils disparaissent.)

SCÈNE VI.

CARABOSSE, sortant de derrière les arbres.

Ils sont partis!.. Dans ces allées, personne qui m'épie ou puisse me surprendre. Me voilà libre de regarder autour de moi. Qui m'eût dit hier, lorsque seule, éperdue, séparée de lui, ne sachant où le retrouver, ni de quel côté diriger mes pas, je pleurais assise au bord du chemin, qu'un homme passerait, assez curieux pour me demander la cause de mes larmes, et assez naïf pour ne rien soupçonner après ma réponse!.. Qui m'eût dit qu'en croyant exaucer le vœu d'une jeune fille obscure, inconnue, ma rivale elle-même m'introduirait ici, auprès d'elle? Mais, hélas! que me servira d'avoir pénétré à son insu dans sa retraite, si je ne puis en arracher celui que j'aime, et comment y parvenir, faible et désarmée comme je le suis aujourd'hui?.. Ah! si du moins je pouvais l'avertir de ma présence!.. si je savais dans quelle partie de ces jardins elle le tient caché! mais comment le savoir?.. à qui le demander?.. A l'écho peut-être... oui... un simple refrain... une chanson en apparence indifférente, lui dirait tout... Personne qui m'écoute... essayons... dans cet endroit isolé.

ARIETTE.

Alouette,
Alouette,
Au point du jour, par la rosée,
Dès que ta plume est arrosée,
Tu tiens en l'air mille discours :
En l'air, des ailes tu frétilles,
Et, pendue au ciel, tu babilles
Et contes aux vents tes amours.
Petit oiseau qu'un Dieu protége,
Que n'ai-je, hélas! le privilége
De m'élancer à ta hauteur ;
Et, loin d'une atteinte inhumaine,
De jeter aux monts, à la plaine,
Le nom qui fait battre mon cœur!
Alouette,
Alouette, etc.

SCÈNE VII.

ALBERT, CARABOSSE.

ALBERT, de la coulisse.

Cette voix... je la reconnais... c'est la sienne!

CARABOSSE.

Il m'a entendue!..

DUO.

ALBERT, après s'être jeté dans ses bras, la contemplant avec extase.

Ainsi qu'un rêve s'évapore,
Bonheur vas-tu me fuir encore ?
Non, c'est bien elle, je la vois;
Ma douce idole est près de moi.

CARABOSSE.

Ainsi qu'un rêve s'évapore,
Bonheur vas-tu me fuir encore ?
Non, c'est bien lui, lui que je vois;
Celui que j'aime est près de moi.

ALBERT.

Ah! sans voir ton visage,
Si j'ai pu t'adorer.
De ta céleste image
Laisse-moi m'enivrer !

CARABOSSE.

Tendres accents dans chaque veine,
Comme un feu brûlant vous semblez courir;
D'un trouble inconnu je me sens frémir

Et ma raison résiste à peine.
Crains les yeux jaloux :
Ici contre nous,
Hélas ! tout conspire.

ALBERT.

Ah ! de son délire,
Ne blâme pas un cœur tremblant
Qui doute même en espérant.

ENSEMBLE.

CARABOSSE.

Ainsi qu'un rêve s'évapore, etc.

ALBERT.

Ainsi qu'un rêve s'évapore, etc.

SCÈNE VIII.

ALBERT, CARABOSSE, GISETTE.

GISETTE, voyant Carabosse dans les bras d'Albert.

Ah !..

CARABOSSE, se dégageant.

O ciel !

GISETTE.

Elle !.. elle, ici ? Comment !.. elle aura eu le privilége de me déformer deux maris, et je n'aurai pas le pouvoir de lui souffler un amoureux ?.. Ah ! nous allons voir !

ALBERT.

Qu'allez-vous faire ?

GISETTE.

Me venger de vos refus, la punir de ses ruses, mettre entre vous deux une barrière qu'elle ne puisse plus franchir, et, puisqu'elle est immortelle, la condamner à vous regretter éternellement.

CARABOSSE, avec force.

Tu ne le feras pas !

GISETTE.

Ah ! tu me défies ?

CARABOSSE.

Oui, car cette baguette n'a de puissance que par la qualité de celle à qui tu l'as dérobée : que j'abdique ma condition divine, que je consente à devenir ton égale, et cette puissance s'évanouira dans tes mains. Ah ! fuyez, frivole désir de rester toujours jeune et belle à ses yeux... Qu'ai-je besoin de la beauté, s'il m'aime ?.. qu'ai-je besoin d'années, si je dois lui survivre ?.. Non ! que cette beauté se flétrisse, que ces années s'abrégent !

Périsse un pouvoir auquel je renonce!.. périsse une immortalité que je ne pourrais partager avec lui!.. (Gisette étend sa baguette vers Carabosse. — Coup de tam-tam. — La baguette de Gisette se brise dans sa main.)

INVOCATION.

Reine des airs, jalouse déité,
Vous qui m'avez faite immortelle,
Et dont la volonté cruelle
Refuse à mon amant cette immortalité,
Ah! reprenez vos dons qu'il faut haïr,
Je vous les rends, je me délivre :
Quand par lui seul je me sens vivre,
Ainsi que lui je veux pouvoir mourir.

GISETTE, regardant les débris de sa baguette.

Ah! voilà tout ce qui m'en reste! Eh bien!.. et mes amoureux ?.. rendez-les-moi tels qu'ils étaient, au moins!

SCÈNE IX.

LES MÊMES, GHISLAIN, DANIEL, puis PHARAMOND.

DANIEL.

Plus rien!

GHISLAIN.

Remis à neuf.

DANIEL.

Pour vous plaire.

GHISLAIN.

Pour vous aimer.

GISETTE.

Ah! bah!... et vos rides?..

GHISLAIN.

Parties!

GISETTE, à Daniel.

Et votre bosse?

DANIEL.

Je ne sais pas où elle a passé.

PHARAMOND, arrivant effaré.

Ma noble fille, voici le comte Magnus... et tout son cortége.

GISETTE.

Ça se trouve bien, je ne me marie plus!..

PHARAMOND.

Ah bah!... Eh bien! c'est encore un beau jour!